나부터 알고

　　나부터 믿어라

나부터 알고 나부터 믿어라

발행일   2017년 03월 06일

지은이   이 지 인
펴낸이   손 형 국
펴낸곳   (주)북랩
편집인   선일영   편집   이종무, 권유선, 송재병, 최예은
디자인   이현수, 김민하, 이정아, 한수희   제작   박기성, 황동현, 구성우
마케팅   김회란, 박진관
출판등록 2004. 12. 1(제2012-000051호)
주소   서울시 금천구 가산디지털 1로 168, 우림라이온스밸리 B동 B113, 114호
홈페이지 www.book.co.kr
전화번호 (02)2026-5777   팩스   (02)2026-5747

ISBN   979-11-5987-462-8 03810 (종이책)   979-11-5987-463-5 05810 (전자책)

이 도서의 국립중앙도서관 출판예정도서목록(CIP)은 서지정보유통지원시스템 홈페이지(http://seoji.
nl.go.kr)와 국가자료공동목록시스템(http://www.nl.go.kr/kolisnet)에서 이용하실 수 있습니다.
(CIP제어번호: CIP2017005280)

깨어있는 삶 마음공부 명상록

나부터 알고
나부터 믿어라

이지인 지음

북랩 book Lab

행복의 나라로
이끈 스승님 덕분에
보이거나
보이지 않는
모든 존재들이
아프지 않기를.

모두
모두
몸이든
마음이든
꿈에서 벗어나 세상을 이롭게 하는
자유인이 되어 세세생생 행복하기를.

소
함에
함이 없이
유위의 깊은 산을 지금 넘어서
다시는 취하지 않기를.

이지민

목차

나는 나를 위로한다

나는 나를 사랑한다

나는 나를

고발한다

제발 아파하지 마라

차원 높은 이가 보면 빙그레 웃을 일이지만,

많이 아프니?

소중한 나를 괴롭히며 아파하지 마라.
상대가, 현실 상황이 아프게 한다고?
아니야. 결코 외부가 아니야.
我相, 집착이 나를 아프게 할 뿐이야.

아무런 기대 없이 아무런 요구 없이
자연처럼 나무처럼 그렇게 생각해 봐.

(너는 네 근본뿌리를 믿어야지 누굴 믿는다니!)

그저 서로 알게 모르게 연결되어 도움이 되고 있잖아.
그래도 아프다고?

숨 쉼을 바라보며 나를 더 깊이 들어가
내 안의 진짜 나를 만나게 되면 온통 고요한 평화,
밉든 곱든 모두가 사랑임을 알게 될 걸!

내가 나(眞我)를 몰라서 아팠던 거지.

도서관 뜰에서

하루 종일 뙤약볕에서
저 혼자만의 생각에 빠져
뜰 가장자리를 맴돌고 있는 처자를 본다.
흔들리는 그네의자에 앉아 느긋하게
책도 읽고 수첩 메모들을 보며
눕기도 하고 기대기도 하면서 지켜본다.
시선을 바닥에 두고 계속 그 자리를 맴돌고 있다.
그래, 나만의 틀
고정관념의 벽을 깨야겠구나! 하는 가르침을 본다.
세상 만물만생은 제각각의 존재 뜻이 있음을
여름 낮이 함께 하고 있다.

나, 바로보기

이 못된
심부름꾼인 종이
뭐가 그리 잘났던지
여러 사람을 괴롭혔다.
특히 옆 지기를,
창피해서 얼굴도 들지 못할 것이
뭐가 그리 잘나고 대단했던지 십 수 년을!
결혼이라는 세상적인 관념에 칭칭 묶여
가장 멍청한 짓
구속하고 간섭하며 내게 맞추도록 종용했다.
상대에 맞춰 살아줘야 되는데
유아적인 처신에 너도 괴롭고 나도 괴로웠다.
이 못된 녀석의 소행을 알고도 속고 속이며
내가 나를 봐도 무지막지 힘센 녀석들
고삐를 잡고 길들이느라 또 십 수 년.

마침내, 흰 소를 타고 놀며 피리를 분다.

미개인

문화 혜택을 못 받아서가 아니라,
눈 뜨고도 보지 못하는 눈
마음의 눈을 뜨지 못해서였네.

내가 나를 알아야 상대를 알고
세상을 알 텐데.
내가 나를 모르니 미개인이잖아.

고백

세상적인 잣대론
평화로울 수 없어
행복할 수 없어
眞我로 산다.
그렇게…
분노를 잘 다스려 인내하게 하며
지혜를 증장시키니
환경이 안내해 준다.
삭히고 삭힌 발효음식처럼
음~그래, 그냥 그렇게
모든 게 참 고맙고 감사하다.

간간히 시기, 질투, 성냄, 어리석음이라는
악행을 저지르고 있는 의식을 잘 다듬느라 힘이 들기도 한다.

나름 잘산다고 자부했는데, 나는 내게 속고 살았음을,
입이 열 개라도 할 말이 없다는 말, 공감하고 이해한다.

사람 되기 어려워라

진실한 마음, 기대지 않는 마음, 남을 헐뜯거나 증오하지 않고
앙심 품지 말고, 업신여기지 않으며, 모든 거를 나로 보고
조화롭게 화합하며

마음을 잘 다스려
화목해야 하고 성내지 말아야 한다.

남을 탓하지 말고
위선자가 되지 말아야 한다.

모든 걸 내 탓으로 돌리고
푸근하고 아름다운 마음으로 行해야 한다.

모든 걸 내 탓으로 돌린다면 하나도 남이 미울 게 없고
불안하게 해 줄게 없고, 불안하게 말해줄 게 없고,
탓할 게 없다.
모르는 사람 잘못하는 사람은 내가 몰랐을 때의 내 모습
내가 잘못했을 때의 내 모습으로 봐야 하니.

죄

죄가 있다면
무식이며 무명이다.
사랑은 무한대!
사랑을 몰랐다.
집착이 사랑인 줄 착각하고
옹졸해서
껍데기는 죽어야 했다.
껍데기는 없어야 했다.
죄가 있다면
몰라서
가장 강한 업식
욕망의 한곳만을 집착한 죄였다.
사랑도 모르면서
집착을 사랑이라 착각하고 살았다.

집착과 사랑

사랑에 딸린
집착은 걱정, 슬픔, 옹졸함이다.

누군가의 글에서 보았다.

집착 = 왜 날 사랑해주지 않지?
사랑 = 어떻게 하면 당신이 행복할까?

쉽게 알아차릴 수 있는
딱 맞는 말이네.

용서

세상에 용서를 구할 게 있다면
영원히 빛날 보배를 품고 사는
내가 나에게 용서를 구해야 한다.
내가 내게서 찾을 보배를
소중하게 생각하기는커녕
무시하고 박대하며
제일 밑바닥에 처박아 둔 죄
용서하고 용서해야 한다.
내가 나를 믿고 의지하며 의논할 대상을
사랑하지 못했음을
참회하고 용서해야 한다.

맨 먼저

내가 세상에 나왔기 때문에 세상도 있지
내가 없으면 세상도 없고 아무것도 없어,
이 몸뚱이가 화두!
"나는 누구인가?"를 어릴 때부터 알면 누구도
헤매지 않을 텐데.
공부를 덜했던
우주의 중심인 나는
맨 먼저, 기본인
"나를 종으로 끌고 다니는 내 마음의 주인, 그놈이
어떤 놈인고?"
이것만 알게 되면 용서고 죄고
다 필요 없는 말, 말들일 뿐!

여보

미안하네.
가족이란 각자의 업식 목표가 완성되면
이 관계가 스스로 변화하는 것이네.
그러니 그냥 그대로
아무런 기대 없이
아무런 요구 없이
무조건 사랑하기로 하네.
내가 나를 보게 되니 기쁨으로 변하네.
모든 시간의 상황들이 가르침이었으니 고맙기만 하네.
업식 놀음에 식겁한 보람으로 ☜놀이를 즐기려 하네.

왜 아팠냐면

내가 나를 모르니
한눈팔고, 옆눈 돌려 걸리고 넘어지며
헛다리에 놀아나 아픈 거잖아.
껍데기가 득세를 하고 나만 잘났다는
겸손하지 못해서였잖아.
나 없이도 세상은 돌아가는데
자신이나 잘 챙길 일이지
세상을, 남을 사사건건 간섭하고
못마땅해 한다고 잘 돌아갈까.
겸손 下心 말은 쉽지, 실천이 얼마나 어려운지.
고정관념을 깨트려, 다 내려놓고
나긋나긋 부드럽기가 실천이 되지 않아 아팠던 거지.

누가 아프게 했겠니.
누가 아프라고 했겠니.
다 자기가 저질러놓고는 자기에게 걸려서는 아파하잖니.

살았다고?

살고 있어도 무의미한 헛된 삶의 외적인 죽음도 있고
내가 나를 모르는 내적인 죽음에 살았고
본성을 알아 기쁨을 누리지 못하는 은밀한 죽음에서
지금 오르락내리락 시이소 게임 중이니
사람다운 사람답게 진정으로 산다고, 살았다고 할 수 있나?

성욕이 부리는 행패

결혼하지 않았다면 몰랐을 텐데.

이놈의 욕구불만이 싸움을 부르고
심통을 내고 진짜 난리법석도 아니었다.
좋은 말만 하자면서도
비난을 쏟아 붓고
여자는 집안에서만 그러지만
남자는 밖에 나가서도 그럴 걸 생각하면 정말 끔찍하다.
이 동물적인 습성은 자신을 바로 봐야 고쳐진다.

"자기를 내세울 게 없는 데 어떻게 애욕이 있어"
스승님의 멋진 말씀! 그러게요.

근데, 이것 땜에 젊음을 잘 살아내기도 힘들고, 道 닦기도 힘
든 걸 보면 습이 얼마나 무서운지, 정신 차리지 않으면 아주
귀한 차원 제외, 대부분 이래저래 걸리며 말썽이 많네요.

욕망에 갇힌 세상

기본적인 욕구들 중
성욕이 부리는 행패는 이루 다 말할 수 없다.
요즘은 다들 잘 먹고 잘사는 세상이라
밑바탕이 성욕인 뉴스가 시끄럽다.
이 문제를 해결하기 위해서는
우리 마음을 자세히 들여다볼 필요가 있다.
어느 쪽에 더 많은 마음을 내는가에 따라
세상이 펼쳐진다.
우리 모두 잘살기 위해
이제는 자기 마음속, 맘공부로의 여행이 절대 필요하다.
왜?
욕망들에 갇힌 세상에서는
어느 누구든 행복할 수 없기 때문이다.

"이 무넝천에서 色을 보고 너무 취해 사랑, 애정, 욕심, 집착,
여기에 집착하니,
그놈을 볼 수가 없어, 그러니 거기서 나오는 거,
거기다 다 놔라."

인생 시나리오

자기 인생의 연출자며,
작가이며, 연기자며, 주인공!
에휴, 싸우면서 살아냈지만
중간정산, 지금 보니 30점짜리
낙제지만 신기하게도 여기까지 잘 왔군요.
지금부턴 정말이지 정신 차려 제대로 좀 살죠.
최종 목표, 자아완성(=현재의식+잠재의식)
眞我, 나 없이 만물만생과 하나 되어 산다는 것.
사랑보다 더 깊은 진실한 자비로!
그렇네.
모두 하나가 되는 것.
100점짜리? 수용, 가능하게 해.

"우리의 잠재의식 속에
우리가 한 것대로 각본대로 잠겨있는 겁니다.
잠겨있는 걸 지금 우리는 송두리째
그냥 녹이는 겁니다.
요리를 해서 우리가 맛을 보는 겁니다.
'녹이기 위해서 나오는 자리에 되놔라'
이 소립니다."

어쩔 뻔 했나

나이만 먹는다고 어른인가.
우리글의 이 아름다운 어울림!

어린이 = 얼이 차츰 어리어 가는 사람
어른 = 얼이 익은 사람
어르신 = 얼이 완숙하여 얼이 신과 같은 사람이라는데

환상에 휩쓸려 온갖 욕망을 안고
잘 먹고 즐기다 나이 들어 죽는다면 허무하지 않나.
얼굴이며 말이, 바로 자기의 정신이고 마음인데
늦었지만 정신 차리고 제대로 나이 먹어가야겠다.

그랬구나

싸우지 않고 산다는 사람들
이해할 수 없었는데
그들은 자신의 중심,
주장자를 쥐었으니 싸울 일이 없었구나.
차원 높은 사람들이었구나.
내가 나를 알아 중도, 중용을 하게 되고
자비를 베풀 수 있으니 싸울 일이 없지.

우리 모두는 하나, 동체 속의 중심!

아들이 어른이다

아빠가 밖에서 뭘 하던지
뭘 그리 신경 쓰냐고,
부처님은 그냥 지켜본다는
말에 부끄럽고 부끄럽다.
그래, 네가 어른이다.
감동과 함께
어떤 상황이어도
좋은 엄마여야겠다는 다짐의 눈물 쏟는다.

우리 집 두 남자는
어리석은 나를 갖고 논다.
모든 게 내 탓인 걸
오늘 제대로 본다.

참된 즐거움

타인을 위해 진력하는 삶이라고
나누는 것이 진짜 행복이라고.

말만 쉽지 얼마나 실천이 어려운지.
너무도 부족한 내 그릇을 보았다.

남을 무조건 이익하게 하는 것이
성공이고 즐거움인데.

나누고 기뻐해야 할
부부사이에서조차 받기만 하려는
이 옹졸함이라니.
진정 참된 즐거움을 누린다고 할 수 있나?
너무 무지해서 베풀지 못한 것이 미안해
바늘 한 세 개쯤이 가슴을 쑤신다.

미안하지 않게, 다시는 후회하지 않도록
지금 제대로 정신 차려 잘해야겠다.

佛像

부처를 왜 금빛 몸으로 형상을 만들었을까?

부처와 중생이 함께 있는 이 몸뚱이
우리 마음 안의 빛나는 보배를 품고 있음을 표현하려니
어쩔 수 없잖아요.

쥘 수도 볼 수도 없는 찰나, 自性 부처, 자가 발전소(불성)인데
내 몸속의 업식, 어두운 중생들을 다 가르쳐 부처로 만들려
니, 맨 처음 깨달으신 석가모니 부처님의 나툼이잖아요.

무명 업식을 닦아 청정무구 법신 몸이 되어 온 세상을
돌보라는 뜻이잖아요.
體가 없어 어떤 것에도 부서지지 않는 금강석 같은 마음을
환한 빛으로 밝혀 자력, 전력, 광력, 통신력을 계발하고
사용하며 모두를 이롭게 하라는 거잖아요.

우리 모두 보배를 품고 있어, 부처님 마음이 내 마음,
내 마음이 부처님 마음으로.
저 불상이 내 몸이요, 내 몸이 저 불상이니 부처 行을
하라는 거잖아요.

가만히 있으면 부처, 생각을 냈다하면 법신, 움직이면 화신,
보신으로 화하는 빛나는 보배를 알고 보면, 모두가 하나 되어
행복의 나라에 들게 하는 위대한 가르침에 숭배할 수밖에
없는 거잖아요.

내 보배와 저 불상이 하나이니
자꾸자꾸 태어나는 생명들이 지극하게 숭배할 수밖에 없는
영원한 주처.
자神을 믿으라는 방편이자 보배라는 진리의 표상이잖아요.

인생이라는 한 권의 책

책을 보면 기승전결이 있듯
인생도 좋은 일 궂은 일 힘든 일
굽이굽이 겪으며 인생을 마무리하면
한 권의 좋은 책일 수 있지.
글자가 아닌 온몸으로 씌어진….

고전이 될지
베스트셀러가 될지
그건 순전히 각자의 몫.

섹스 때문에 망했다

성적인 것으로 망한 사람 여럿 본다.

성 관련 문제들로 옷을 벗고 인격이 내려앉는 뉴스가 잦다.

명예, 권력, 돈 많고, 많이 배웠다고 다 갖춰졌는가.

미개인, 개, 돼지들이란 말에

미디어 속 뭇매가 쏟아지던데.

욕심내고 화내며 따진 지난 내 행동들 역시

사람이 아니었으니 전혀 틀린 말은 아니구나 싶다.

불륜도 사랑이라고?

웃기지 마라.

성적인 욕구에 휘둘리고 있다.

힘센 욕망의 패배자일 뿐이다.

게임도 규칙을 어기면 진다.

하물며 만물의 영장이 삶의 중앙선을 넘었으니

둘만 알지 아무도 모르니 벌금은 없다?

온 누리가 말없는 눈이며 귀로

자기 속의 참자기는 하늘과 통하는 문.

자신이 아는 건 우주가 알아 비밀은 없다.

해야 할 일, 하지 말아야 할 일은 스스로가 잘 알기 때문에

설령 누가 뭐라 하지 않아도 자동적인 입력, 자기 대뇌

컴퓨터에 저장되는 습, 유전 이것이 무서운 것이다.

나는 나를

감시한다

사는 게 무섭다

身口意, 즉 행동, 언어, 마음을
좋게 잘 쓰며 정말 잘살아야 되니.

"死後의 일이란 물을 것도 없다. 스스로 자기의 잠재의식이라
는 일기장에 하나도 빠뜨리지 않고 꼼꼼하게 적어놓은 그것
이 바로 사후의 문제를 결정한다."

마음 다듬기

내 안에 내(자생중생)가 너무 많아
너그럽고 지혜롭게 모두
한마음으로 다듬어 딱 뭉친 멋진 주장자!
자갈밭을 고르듯 고루 착하게 다스리고, 다듬기 참 힘들다.
날마다 씻고 닦고 꾸미고, 옷은 이리저리 보고 고르면서
마음은 다듬지 않고 고르지 않느냐고 타이르지만,
보는 대로 듣는 대로
이건 이래서 좋고, 저건 저래서 싫고
변덕쟁이도 많고, 성내고 욕심내고 질투하고….
어리석은 이 녀석들을 착하고 너그럽게
모두 선한 주인공 한마음 되게 다듬기 십 수 년
이제 좀 됐나 싶음 아직이네.
그래도 정신만 차리면 언젠간 모두 둥글둥글 하나 되겠지.

삶이라는 거?

남 따라 살지 말고
그림자에 속지 않는
정신 차린 삶을
자기만의 색깔로 만들어 내는 것
오직 실천에 달렸다.
삶을 행복하게 펼칠 것에
나도 좋고 너도 좋은
살기 좋은 세상으로
만들어 가는 것!

그렇다

길을 걷다 빈 담뱃갑을 찬다.
텅 비었으니 발길에 차이지.
자기 속이 꽉 찼다면
누가 볼세라 얼른 주워 갔을 것이다.
그렇군!
이 모든 건 내 탓!

아름답게 가꿀 것인가, 발길에 차일 것인가도.

觀

상대를 보는 게 아니라, 내 참나 자리를 지켜보는 觀.

지켜봐라(행주좌와 어묵동정).
행위를 살피게 되고
의식, 마음을 살피게 된다.

늘 누가 하는가를 놓치지 않는 습관으로 결국엔
참나를 만나자.
들고나는 온갖 것을 맡기고 놓게 된다.

(관찰이 정밀하면 과학자가 되고, 사유가 강해지면 사상가,
철학자가 되잖니. 지금을 관찰하는 관찰의 생활화, 사유의
생활화가 참선이랑 다르지 않잖니!)

오늘 이 순간도

늘 마지막인 것처럼
제발이지 나를 내세우지 말고
매 순간 정성을 다할 것.

집착하지 말고
나도 모르게 숨 쉬듯이
발걸음 떼어 놓듯이
매 순간 매사를 그리 맞이하고 살 것!

(들이고 내쉬는 숨을 쉬는 사이 없이 쉬는 게
진리의 표현이니, 하는 사이 없이 하는 삶!)

고마워

술만 취하면
내가 할 말을 대신 다하는데도
흘려보낼 수 있게 해줘서 고맙고 행복하네.

중심!
참나 덕분에
이제 누가 날 흔들지 못하지.
됐어, 됐네.
고맙고 감사해.
항상 잘 이끌어 갈 거라 믿어.

부부

당신 따로 나 따로지만
마음속 깊은 곳엔 모두 연결되어 있어
내가 말할 걸 당신이 다하네.
그래 분명 하나야.
그걸 알기까지
맨날 따로따로지만
나는 당신이고 당신이 나더라.
어쩜 그렇게 끼리끼리,
업식조차도 끼리끼리 똑같아서
부부로 뭉쳤네.

보이는 게 다가 아니야

밤과 낮이 하루이듯이
보이는 부분이 있으면
보이지 않는 부분이 있음에도
보이는 부분만 가지고 온갖 일을 결정한다.
그러니 탈도 많고 말도 많을 수밖에.

보이지 않는 부분을 볼 줄 아는 눈!
심안이 필요하다.
그 이상의
차원 높은 눈도 있지만
차근차근 심안부터 열어보자.

(삼세를 그냥 걸림 없이 돌아야 하는데 물질계만 알고
있으니 반이 콱 막혀, 보지도 듣지도 못하니 어찌 걸림 없이
돌 수 있겠나. 오직 그 자리에 맡겨놓고 지켜보며…,
정신차려야지.)

팽이

팽이채로 세게 치면 칠수록 팽이는 힘차게 돈다.
팽이처럼
삶의 고통에 사정없이 휘둘린 어리석었던 시절
정신없이 돌아버린 방황의 30대
그 아름답던 시간
혼돈 속을 딱 멈추게 세운 자유인의 길
사람으로도 학문으로도
그 무엇으로도 해결되지 않았던
뜻도 모른 채 자유롭고 쉽다던 내 안의 절규
덕분에 만난 정신적인 스승님
호랑이 굴에 잡혀가도
정신만 차리면 산다는 걸 체험하며
고통도 버릴 게 없다는 걸 알았다.
매를 맞아도 팽이는 중심이 땅에 닿아 있듯이
마음의 중심을 잃지 않으면 된다.

각오, 다짐

"한생각 잘 돌려서 나라고 하는 것을 다 버려라.
일체의 것에 물들거나 집착하지 않는 대수용의 대장부,
대자유인이 돼라."는 스승님 말씀.
부끄럽지 않도록 정신차려 정진해야겠다.
쉽게 깨닫고, 참나로 살 수 있게 무조건 주인공에 놓고 맡길
것, 내가 하는 게 아닌 오직 주인공이 한다는 믿음 실천,
그래야 업력 게임 끝난다.

1. 인정에 끌려 다니지 말고, 안 주면 안 먹을 각오할 것

2. 남 보지 말고 너나 잘 볼 것

3. 중심! 주인공으로 평정심 유지할 것

4. 모든 거와 둘이 아닐 것

5. 조금도 집착할 게 없을 것

6. 모든 선근 주인공에게 돌릴 것

7. 일체 중생에게 회향할 것

8. 이익, 손해에 늘 여여할 것

9. 멀리 생각하고 느긋할 것

10. 지금 여기가 바로 초월된 시공임을 명심할 것

11. 진실로 나를 버렸다면 아무것도 두려울 게 없을 것

12. 소견으로 살지 말고 정신 차려 지견으로 살아갈 것

뭔 말이 그리 많누?

내려놓고 비우고 헌신하고 봉사하며 집착만 놓으면 바로

평화, 행복, 자유인 걸!

그래? 말은 쉽지 실천이 되지 않아 각오하고 또 다짐한다.

베풀고 살자 속삭이는 멋진 我!

미운 아기 떡 하나 더 준다고 하잖니
껄끄럽고 미운 이에게 먼저 잘해줘라.
즐겁게 기쁘게 해줘야지.
너그럽게, 곱게 마음을 쓰니 행복하고 편안하더군.
집착, 욕심이 만병의 근원이니 마음을 잘 써야지.

오늘도 지혜롭게 잘 이끌어 주오.
미안하지 않게 현명하게 잘살고 싶으오.

아름다운 마음 만들기

보이지도, 만질 수도 없다.
누가 볼 수도 없다.
오직 나만이 나를 알 수 있고 볼 수 있다.
매 순간 아름다운 마음이어야 한다.
언제 어디서나 모든 것,
그 누군가를 조금이라도 미워하지 않는
꽃같이 나무같이 풀같이 돌같이 흙같이 물같이
자연이 되는 것이다.
모든 근원은 마음에 있으니
나의 브랜드 기본은 아름다운 마음이어야 한다.
성인들의 말에 빠지지도 말고
오직 참나를 믿고, 행동하고, 튼튼하게 하며
주인공이 원하는 길 가고 싶은 길을 갈 일이지
누가 뭐란다고 해서 흔들리지 마라.
못난 그대로 온전하고 완전하게 존재한다.

시선을 내 안으로 돌리자

남을 많이 의식한다.
내 안이 비었기 때문이다.
남의 시선을 두려워한다.
내 안이 허전하기 때문이다.
혼자 있는 걸 두려워한다.
내 안의 사랑을 알지 못하기 때문이다.
참선, 명상!
깊은 마음 안으로
안으로 들어가 보자.
가보지 않으면
껍데기 사랑이지
진정한 사랑을 알 수 없다.

일기

들뜨고 덜렁대며 바쁜 일이 많았다.
20%의 달콤함과 80%의 인내가 필요한 이 하루도
한 인생임을 본다.
남의 작품 전시회를 즐기며 탐내고 질투했다.
괜한 생각을 일으켜, 판단하고 분별하여 가시밭을 만들었다.
마음을 움직거리지 말고
의식의 유혹에도 넘어가지 말고
한눈팔지 말며
눈 깜짝하지 않을 부동심은
까마득하기만 하고….
하지만, 힘내고 힘내자.

부탁

제발 부탁한다.
너는 너 自神으로 살아라.
밖으로 꺼둘리지 말고
너의 길, 목표를 향해
코를 박고
눈을 박고
마음을 박고
온 정성을 다해 살아라.
왜 자꾸 한눈팔고 옆눈 돌리니?
99%는 밖으로만 끌려 다니는구나.
참자기, 너를 떠나 맹종하지 말거라.

딸리는 이유

아침마다 먹는 사과 반쪽
어제 먹다 남은 변색된 반쪽
냉큼 입에 넣고 보니
나 같으면 반 쪼개서
나눠 먹겠다는 말에
그래 맞아, 지혜 부족!
이게 바로 당신에게 딸리는 이유야.

행복해지려면

모두 내 자신처럼 보면 된다.
그 누구
그 무엇이든
꼭 나 자신처럼

기쁨으로 가는 열쇠는 무조건 사랑이다.

부모가 자식에게 무조건이듯
무조건 수용, 무조건 이해, 무조건 사랑, 아무 조건이 없는
모든 걸 나로 보며 지켜보고
무심이며 맹물 같이, 기대나 요구 없이
그냥 둘 아닌 마음이 되어 보면
거부감도 없고, 미운 것도 밉지 않다.
좋은 것도 지나치게 좋지 않고
차고 넘치지 않는, 그냥 그렇게 그냥 좋다.
그게 행복이다.
권세, 돈이, 학식이 많아서 행복한 게 아니다.

(명예, 권력, 돈, 사랑보다 더 귀한 영원한 진리, 眞我와의
만남이 진정한 행복이지.)

마음공부

모두를 살릴 수 있는 마음 능력개발, 팔자운명을 좋게
바꿀 수 있고, 내가 없는 도리를 배워, 나의 행복을 넘어
주변 행복은 물론 영원한 행복의 날개가 될 마음공부!

보이지 않는다고 해서 마음을 아무렇게나 쓰고 산다.
생각을 아무렇게나 막 하고 산다는 것이다.
각자 우리 마음이 이 세상을 만든다.
과학, 의학, 지리학, 심리학, 천문학, 천체물리학, 심성과학 등
모든 학문을 다 담고 있다.
좋은 생각, 좋은 상상력으로 아름다운 시며 소설이며
각종 디자인이며…
아름다운 문화가 만들어지듯
항상 좋은 생각, 너그럽고 풍요로운 생각으로
여유롭게 살며 아름다운 세상을 우리가 만들어 갈 수 있다.
어떤 현자가 있어 대신해 주는 게 아니다.
절대로 그 누군가가 아니다.
각자 내가 잘해야겠다.
각 개인에서부터 가정, 사회, 국가, 우주적인 문제까지
모두가 다 마음이 근원이기 때문이다.
(내가 나를 발현하게 해서 계발하고 연구해서 능력을 가져오

게 하는 노력이 절대 필요하다. 마음진화야말로 나를 구하고, 가정을 구하고, 나라를 구하고, 세계를 구할 미래세계의 희망이다. "진화의 완성은 대자유, 무량공덕의 부처가 되는 것인 바, 그러므로 모든 생명은 그 완성으로 가는 과정에 있다.")

여자, 여자

직장에선 똑똑한 여자여야 살기가 편하고
가정에선 현명한 여자여야 편하다.
그러니까
마음을 잘 쓰는 지혜로운 여자여야겠다.

이 我相을 어쩔거나

나를 문턱이 닳도록 드나들며
딴에는 공부가 엄청 된 줄 알았는데
잘났다는 것도 못났다는 것도 나를 내세우는 것.
아무것도 모른 채 '아집이 강하다'고 들었던 말
지금 조금 알고 듣는 말
'자기를 내세우려는 업식이 남들보다 강하다'
심장이 쿵 내려앉는다.
한 치도 자라지 않았구나.
이 일을 어쩔꼬?
가꿔나간다면서도 고치기 힘든
이놈의 아상 때문에 삶이 얼마나 힘들었든가.
다짐하고 다짐한다.
오직 그 자리에 놓아버리고
이 순간부터 진짜 죽어보자.
완전 죽자.
숨 쉬는 것 말고, 좋은 말 말고는
입 다물고 제발 좀 죽자.
내가 없음을 알고
살아서 죽어야 열반이지 죽어서 열반은 열반이 아니란다.
살아도 산 게 아니고 죽어도 죽은 것이 아니란다.

나를 벗어난 마음 밖에서 나를 제대로 좀 보자.

내가 없음을 제대로 좀 보자.

물러서지 않는 믿음

자기가 자기를 죽일 수 없듯이
자기가 자기를 속이지 말 것.

자기가 자기를 믿듯이
내 안의 나를 믿을 것.

믿음이 약하다는 것은 업식의 힘이 강하다는 것이다.
참나를 100% 믿는다는 것이 믿음이며 종교이고 신앙이다.

진심으로 자신을 믿어야 빽이며 보배인 것이다.
믿음이란 결국 친절, 자비, 사랑인 것이다.
믿음으로 탐(貪)·진(瞋)·치(痴)·만(慢)·의(疑) 이 5가지 惡見을
이길 수 있는 건 사랑보다 깊은 자비심, 믿음에서만이
나오는 것이다.

능력시대인 지금 자기가 자기능력을 키워야 하니 자기를
믿어야 하고 참자기를 진정 100% 믿는다면 종교는 필요 없게
될 것이다.
인류 발전의 길은 정신 발전으로 자기 자神부터 믿어야 한다.

쩝, 끔찍하다

습관화된 욕구들, 나도 모르게 몸에 밴 관습이 끔찍하다는
생각이 든다.

이 중세계 3차원은 밥을 먹고 살아야 하니 무겁다.
차원이 낮을수록 아래서 살아야 하고, 얻어먹으려는 욕심,
이기심이니 불만족이 많지.
밥을 먹지 않아도 배부른 평등한 하늘자리에 사는
상세계는 마음 에너지로 살고, 양보하고 나누며 무조건
베푸는 삶이니 가볍단다.
버리고, 비우고, 놓아야 가벼워질 수 있는
마음공부를 하지 않고는 차원을 높일 수가 없겠다.
욕심과 애착으로 뭉쳐 이대로 밥 먹는 습관만 알고 죽어
냄새나 맡을 제삿밥 찾는 영령이 되어서는 절대로 안 되겠다.

(조상님들 제삿법이 다 이유가 있었나)

영원히 죽지 않는 주인공을 모르고 죽어, 몸이 없는데도
배고프다 하니 이 일을 어쩌랴?
살아서 죽는 공부 선행학습, 참나를 발현해서 자력, 전력,
광력, 통신력을 연구, 실험하고 체험하여 어리석고 무지한

자생중생들을 모두 너그럽게, 지혜롭게 보살로 하나 되게
해야 하니 정신 차려야겠다.

심각하고 심각하다.

지금껏 엉뚱한데다 시간낭비가 많았다.

어서 공부가 되어 차원을 높이면

우리나라는 물론이고 조상, 자자손손이 덩달아 좋아지겠다.

수많은 의식과 세포 속 유전, 세균, 인과, 영계, 업보성을 벗어
나 천백억 화신으로 나툴 수 있는, 시급한 게 마음공부임을
너무 늦게 알았다.

(학교공부와 마음공부가 함께 병행되면 금상첨화일 텐데.)

하긴, 지금 당장 먹고 사는 물질세계의 힘은 막강해

마음세계에 돌입할 여유가 없겠지만 정신 차려야겠다.

정말 옆눈 돌릴 사이가 없는데, 자꾸만 옆눈 돌리는 습도

문제고 좋은 습관으로 잘살기가 힘든 세상에 더욱 정신 바짝
차려야겠다.

바르다는 것

사실 그대로인 如如!

(자연이네.)

여여, 중도, 평등한 것!
이변이나 양변에 치우치지 않는 것.

(그럼 하늘자리가 바른 자리군, 진정 바르게 산다는 게
정신 차리지 않고는 쉽지 않다.)

나는 나를

위로한다

내 안의 슬픈 이를 위하여

사랑한다.

에고여! 자의식이여!

무지막지 힘센 못된 녀석들

가당찮게도 주인보다 더 큰소리를 쳤지.

하긴, 미운 놈 예쁜 놈 우리 모두

같이 살고 같이 죽을 다 한 몸인데 어쩌겠누.

언젠간 미운 놈도 다 예쁘질 테니 고맙지.

남을 사랑하기 전에

먼저 자신을 알고 사랑했어야 했다.

무한한 사랑을 알았어야 했다.

그저 고맙다.

먼저 나를 알고

나는 나를 사랑하고 믿음이 단단하여

충만한 사랑이 넘치는 나를 알고 볼 일이다.

스승, 나무

어쩜 그렇게 조용하다니!
누가 뭐라 해도
그저 바보처럼
꿈쩍 않고 제 할 일만 한다니!
이래저래 걸러서
따지고 시시비비로 스트레스가 많은 세상
고요히 줄지어선 숲속에 앉아 한몸이 되어본다.

아무것도 요구하지 않아
바라지도 않아
미련도 욕심도 없어
그저 홀로 서서 하늘을 향해 키를, 품을 넓혀 가는구나.
친구들과 어깨동무 서로 사랑으로 영원을 가는구나.
흔들림 없이
옆눈 돌리지 않고
영원 속 묵묵히 자神만의 길 고요의 나라로.

참나, 주인공만이 영원을 함께 할 수 있겠구나.

속상할 때

의식과 상대의 行과
생활이 만들어내는 합작품.

의식 속의 생각에 의한 불청객이 왔다.
보이지 않는 이 손님에게
말 섞지 말고, 걸려들지 말고,
지켜보고 붙잡아두지 않는다면 소리 없이 사라질 것이다.
그럼에도 마음속에 품고는 짓눌린 얼굴로 무거워한다.
바로 空으로 돌리면 좋을 텐데.
'무거운 짐 진 자들아 다 내게로 오라' 듯이
컴퓨터의 delete 키처럼 지워버릴 방법은
오직 그 자리! 찰나에 놓고, 맡겨 버리기, 되놓기
좋은 생각으로 바꿔치기를 하는 것이 좋겠다.
저 모습이 내 모습이지 스스로 위안하며
결국은 자기가 내려놓고 다스려야 한다.

그 합작품들이 사실은 고맙다.
덕분에 잘 살아내기 위해 진리의 길로 인도하며
온갖 것으로부터 점점 자유로울 것이므로.

이럴 수가 있니

아팠지?
힘들었지?
마음의 中心, 참나! 주장자
기둥을 딱 세우고 믿고 따랐어야지.
컴퍼스가 중심을 딱 잡아야 완전한 원이 그려지듯
중심 기둥이 헐거워서 덜렁대며 빠지기만 했군.
그러면 육근(眼耳鼻舌身意)들이 득세를 하니 서로가
힘들어지잖아.
정신 똑바로 차려야지!
아주 꽉 박혀서 아무리 흔들어도 빠지지 않게,
봐도 보이지 않게, 있는 것도 아니고 없는 것도 아닌.

오늘도 잘 부탁해!
오직 주인공만이 지혜롭게 잘 이끌 수 있잖아!

헛다리씨

저마다
변치 않는 보배를
품고는 무시하네.
참 미안하지
어쩜 저리도 팽개쳐두고
외부로, 외부로 눈을 돌리고
밖에 의지하나
영원히 변하지 않는 주장자
보배를 팽개쳐두고 헛다리만 짚었지
그러니 비참한 거지

변하는 것들은 모두 헛다리씨.

아기 울음소리에

버스를 타기 위해 허름한 동네를 지나는데,
갓난아기 울음소리에
문득, 아! 하는 깨달음의 소리가 튀어나왔다.
그 언어 없는 언어, 이게 진리의 소리구나.
가난하든 부자든 잘났든 못났든 크든 작든
자기 그릇대로 진실하게 살면 되는 거구나.
종지에서 바다에 이르기까지
다 소중하고 귀한 존재구나.
사는 게 진리지, 뭐 별다른 게 있단 말인가.
그러니 발걸음 걸음걸음이 얼마나 진중해야 하는지
성실해야 하는지, 말 한마디 행동 하나하나가
정성이어야 하는데 덜렁대기만 했고 실수가 많았다.
다른 것 볼 것 없고 시시비비 따질 것 없고
오직 주장자만 의지하는 삶에서 벗어나지 않는 것.
그러다 보면 시간이 말해줄 것이다.
됐다. 이제 됐다.
참나만 믿고 뚜벅뚜벅 걸어가는 것
좋다. 정말 잘살려는 맘 참 좋다.
(모든 생명들이 사는 것, 이 수행 자체가 진리며 敎이다.
생명들의 근본인 佛.)

잘살고 있니?

항상

맘이 편안하고

남 탓하지 않고

둘로 보지 않고

일거수일투족 다 지켜보는 거지?

새로운 날

아침에 눈뜰 때마다
새로운 날이다.
아니 초초마다 새로운 날이고
새로운 시간이다.
어제는 지나갔으니 없어졌다.
내일은 오지 않았으니 없다.
다만 생각이 과거에, 미래에 걸려 있을 뿐이다.
과거나 현재에 묶여 걱정하지 말고
날마다 새롭게 씩씩하게
행복하게 새날을 창조할 권리
각자 내가 갖고 있다.

매미에게 배운다

입추가 며칠 지났는데
가는 여름이 아쉬워서인가.
코앞, 이 나무 저 나무로
옮겨 다니며 목청을 높인다.
울 때마다 뒤꽁무니를 까딱이며
온 신경을 모으는 모습
오래도록 지켜보게 한다.
남 탓하는 불편한 속내를 알아챘는지
너는 너의 일에 충실하고,
나는 나의 일에 충실하자는 몸짓
온몸을 다해 말해주고 있다.

슬픈 칼

무딘 과도를 본다.
그 옆 날렵하게 생긴 과도를 집으며
두 개 중 사용자 입장에서
편안하고 말 잘 듣고 날렵해야지.
미련 곰탱이마냥 무뚝뚝한 무딘 몸으로
선택받기 힘드니
곱게 수그리고 있는 게 낫겠지.
기죽은 모습을 보니
들고 있는 손이 미안해진다.

그 무엇이건 낡지 않고
무뎌지지 않는 게 어디 있겠는가마는
날렵함이 약동하게
뒤로 물러날 줄도 알아야겠다.

소원

만물에게 공평한 태양처럼!

가시 돋친 생각들을
따뜻하게 녹여버리고
모두모두 평화롭고 행복한 시간들이게
그대처럼, 정말 그대처럼
맑고 밝은 마음들을 품게 하소서.
마음의 등불 밝고 빛나게 하소서.

왜 그러니?

일본 사람들은
남한테 기대려 하지 않고
도움 받으려고 안해서인가.
미국 이민 사회에서 서로 돕고 산다는데
우리 한국 사람들은
로스앤젤레스나 뉴욕 한인회장이 둘씩이나 되어
자기가 회장이라고 서로 찔러대며 싸움질이라니
집 안이나 밖이나 뭐가 다른가.
껍데기에 얽매여 사니 편할 날이 없다.

영원한 오늘

이 몸이
이 세상이
과거 현재 미래를 품고 있듯이
상·중·하의 세계 역시
현실 속에 있음을 본다.
생각에 따라 천국도 지옥도 만드는
이 마음을 보면
그래서 영원한 오늘일 수밖에.

의식 차원 높이기

참나, 주인공이 모든 걸 한다는 걸 믿고
놓고 맡기고 지켜보며
둘로 보지 않는, 저 모습이 내 모습이라는 관찰, 체험으로
옹졸한 마음 지혜롭게 넓히며 키우는
마음 발전 참 쉽지 않다.
다 놔서, 다 버리니 다 얻어, 조건 없이 줄 수 있어야 하는데
내 마음을 내 맘대로 쓰지도 못하고
업력의 꼭두각시에 놀아나고 당하고
또 당해 넘어가 주질 못하는 상태를 본다.
이 은산철벽만 넘으면 세상을 다 가질 것만 같은데
항상 걸려 넘어지는 걸 보면서, 이리 힘드니
차원을 높인다는 게 쉽지 않다.
의식개혁 실천이 어려운 마음공부
찰나찰나 나고 드는 이 마음을 잘 요리하는 이
세상을 다 가질 만도 하겠다.
그러니 해야 할 것은 마음공부.

이 창살 없는 감옥, 인간 게임에서 벗어나기 위해서도.

내 차원은 어디쯤?

신인(信忍) = 신심에 의해 얻는 지혜

순인(順忍) = 진리에 순종하는 지혜

법인(法忍) = 진리를 깨닫는 지혜

하품 = 억지로 참고 산다.

중품 = 내 잘못으로 이해하고 받아들인다.

상품 = 상대방의 아픔이 내 아픔이다.

무생법인 = 모든 게 나 아닌 게 없으니 즐겁다. (평등공법)

모든 게 나니, 원하는 바 없이 무조건 줄 수 있는 당당한 사람!

까마득한 걸 보니

나 없이 함이 없이 즉각, 실천으로 점프를 해야겠다.

재밌는 세상

열심히 공부해라
아무리 말해도 귓등으로 흘렸듯이

아무리 마음공부가 최고라 해도
씨알도 안 먹히던 예전의 내 모습
수많은 모습 모습들!

다 자기 그릇대로 차원대로
열심히 산다고 부지런히 살고 있는
내가 나를 몰라 슬프면서도
즐겁고 재밌는 세상이라니.

삶

항상 그럼만 좋은 게 아니더라.
국토분단을 품고 사는 우리나라든
직장이든 가정이든 각 개인이든
들여다보면 크고 작은 문제들이
발생하기도 하고
해결하기도 하고
그 문제들을 품고 살기도 한다.
남이 보기엔 겉모습은 단지 평화로울 뿐
내 아픔이 최고인양 너무 아파하지 말자.
시간이 지나면 무뎌지기도 하고
아픔을 어루만질 수 있는
마음의 여유로움이랄까 지혜로움이 생긴다.
그러니 너무 아파하지 말자.
주인공을 믿고 좋게 맡겨버리면 모든 게 편안해진다.
우연은 없다.
내가 한 만큼 에누리 없이 닥치니
지금 바로 말, 생각, 행동을 잘하자.

문제

자신을 바로 보기만 해도 모든 문제 해결인데,

업력으로 세상에 태어난 내 탓이다.
당신을 만난 건 내 탓이다.
가슴 시리게 하는 당신
사랑하자 감사하자 내 탓이다.
품 넓게 보듬어 준 적 없는
당신을 믿고 의지해서 상처 입는
업식의 막강한 힘에 끌려 사는 이것이 문제다.
욕망에 갇혀 습을 보태고 있는 이것이 문제다.
이 모두가 다 마음, 마음을 계발하고
이롭게 발전시키지 못했으니 이것이 문제다.

풍란을 보며

눈에 띄는 둥 마는 둥
작은 화분이 키 큰 녀석들 사이에서
나보란 듯 힘차게 서 있다.

반짝반짝 빛나는 꽃을 피워
은은한 향기를 풍긴다.

애써 노력하지 않는다면
누가 봐 주기나 하겠니?
자기를 가꾸어
주변을 빛나게 하라는 메시지 눈물겹다.

삶의 길

목적지를 가야할 길에서도 지름길이 있듯이
이 보이지 않는 삶의 길에서도 지름길이 있다.

中心! = 무주상보시
中庸! = 화목
中道! = 무량

마음의 중심을 딱 세우면
싫은 것도 싫지 않고
좋은 것도 좋지 않은 평온!
그 자체가 지름길임을 너무 늦게 알았다.

眞我로 살면

스스로 아는 것 고집부리지 않고
자기가 옳다고 주장도 않으며
과시하지 않아 뽐내지 않고
다 받아들이니 싸울 일도 없어진다.
너와 내가 하나이니!

물과 얼음이 하나이듯!

눈을 뜨고도 걸어보고, 감고도 걸어 봐도 그 자리요,
빨라도 늦어도 그 자리요, 죽어도 살아도 그 자리요.
이승과 저승을 들고나며 왕래할 수 있다면 생사가
벗어지는 자리, 우주도 조절할 수 있는 자리라니!

햇빛은 온 세상을 따스하게 내리쬐고 다 펼쳐놓은 세상,
제각기 제 할 일들을 하지만 定에 들어 온갖 것 찰나찰나
나고들 뿐.

"나로부터 모두가 있는 거니까 나부터 알아라. 나의 마음의
안테나부터 세워봐야 오고 가는 것을 다 통신할 수 있다.
통해야 뭐가 어떤지 알 수 있지 않느냐? 나로부터다.

내 주처는 나한테 있다. 나의 뿌리는 나한테 있지 딴 데
있는 게 아니다."

참사람은

위선이 없다.
늘 공부한다.
자신의 자리에서 겸손하다는데

지금부터라도 부끄럽지 않게.

여러 명이 같이 있을 때는 입을 지키고
혼자 있을 때는 마음을 지킨단다.

지금 이 자리에서 숨(몸, 마음)을 관찰하며
사람답게 제대로 좀 살아봐야지.

부처님 법

언제나 기쁨!
언제나 행복!
영원한 진리!
만질 수도 볼 수도 없는
신묘한 법이며 만병통치약!

부처님은 내 마음 깊숙이 있어서
내가 하는 일(行)을 너무도 잘 알아 해결해 주는
만사형통! 고마워라. 감사해라. 자꾸만 웃음이 난다.

"여러분이 살면서 고통이 아무리 오더라도
'허허, 이거 또 물이 파도가 치는구나,
바람이 불지 않게 주인공, 너만이 할 수 있어.
그런다면 물은 잔잔할 텐데.'
이렇게 진짜로 믿는다면 웃음이 나고…"

범부를 고쳐서
성인에 이르게 하는
님을 만나지 못했다면 이리 웃을 수 있었겠나.
최고의 만남, 대박 중의 대박!

나는 나를

사랑한다

眞我의 노래

전체인 나는 空입니다.

허공입니다.

참된 인생을 완성하기 위한 내비게이션 만난 겁니다.

마주하는 모든 일에 정성을 다하며,

그냥 쭈~욱 매 순간

정신 차리고, 깨어서 지켜보고 맡겨놓는

공기 같은

허공 같은

함이 없는 삶입니다.

님 덕분

아무것도 모른 채 돌고 돌아 넘어지고 터지며
가시덤불을 헤치며 겨우 안긴 그대의 품.

님이 아니었다면
사랑을 알기나 했을까?

의식 속에서 치솟는 꼭두각시놀음들
이 불바다를 끌 수나 있었을까?

님이 아니었다면
이 평화로움을 맛보기나 했을까?

님이시여! 님이시여!
부르고 불러도 못다 부를
영원한 님이시여!

나의 브랜드

나를 브랜딩 하라?
그렇담 나는 공체!
체가 없는 마음으로 살겠다.

사방이 툭 터졌다.

그것도 길, 이것도 길
너도 옳고, 나도 옳다.
너도 으뜸, 나도 으뜸!

걸릴 게 없구나!

자유인

나 아닌 게
없기에 전체가 나!
오공(共生, 共心, 共用, 共食, 共體)으로 살면
물이며, 바람이며, 공기며, 햇빛….
지수화풍인데
모두, 모든 게 나인데
무엇에 걸릴 것인가.

모두는 하나

나 이전, 생각나기 이전
참나(眞我), 주인공 자리 그 중도자리
아무리 멀리 갔다 해도 그 자리
죽어도 살아도 그 자리
계절이 돌고 돌듯이 늘 그 자리
영원히 죽지 않고 끝나지 않는 길
그래서 영원이구나!
일체가 하나로 돌아가는 空 그 자리
우뇌, 좌뇌 각각이지만 함께 담겨져 있듯
우리 모두는 하나, 그 자리
전체가 통할 수 있는 그 자리
죽어도 죽지 않는 그 자리
삼독만 여의면 번뇌 망상이 다 여읜
어디에도 치우치지 않는 참나, 주인공 자리
만법귀일 일귀하처(萬法歸——歸何處).

늘, 봄

참마음 자리는 봄이다.
사계절이 없는 봄, 봄맞이!
생각이 쉰 자리 봄이다.
확실히 봄, 아파도 봄
느껴도 봄
너도 봄
나도 봄
돌아 봄
늘 봄
바라 봄
지켜 봄
환희, 행복, 평화, 자유의 봄 온통, 봄이다.
조상들의 지혜와 얼이 담긴 우리글의 이 아름다움!
도서관을 봄 책을 봄 미래를 봄 희망의 봄, 책 속에 지혜와
행복의 봄! 피어난다.

봄날 오후

오방색이 만발한
이 아름다운 세상
그대의 숨결을 느낍니다.
사랑을 느낍니다.
끊임없이 생동하게 하는
바람결의 순환을 느낍니다.
저마다의 색깔로 아름답게 살으시라 펼쳐 놓은 세상!
기쁘게 즐겁게 순하게 살으라는 메시지를 느낍니다.
지금 여기가 천국임을 느낍니다.
저마다 잘 살아내느라 동물, 식물, 사람, 사람들, 소리, 소리들
함께 어우러진 이 아름다운 세상이 다치지 않게
발걸음, 말 한마디 조심조심, 고마운 여기 그대로 영원의 집!
새로운 창조가 터질 기쁨을 느낍니다.

체험

감사합니다.
고맙습니다.
사랑합니다.
두 손 모아 기뻐하며 즐거워할 때
공사장 기계소리도 박자 맞춰
즐거워함을 맛봅니다.
내 맘이 즐거워야 세상이 즐겁습니다.

꿈 너머 꿈

꿈에서 깨어나 그저 기쁘게, 즐겁게, 신나게
공기처럼 흔적 없이 모두에게 이익만 주는
모든 이의
마음 주머니를 채워 줄
보이지 않고 줘도 준적 없는 평화, 평온일 것.

(현실 일도 꿈으로 보고, 꿈에 얽매이지 말고 호에다가 모든
것을 놔 버리는 방하착을 한다면, 진짜 자기의 감응이 올 것
이라, 모든 건 실천이다. 오직 실천, 실행, 체험이 중요하다.)

사랑

먼저 내 안의 사랑부터 만나야 한다.

(내가 건강해야 남을 도울 수 있듯이)

그래야 남을 진정으로 도울 수 있고
더불어 행복할 수 있고 완전한 사랑일 수 있다.

사랑과
고요와
평화가
주는 기쁨으로
삶의 고통을 치유할 수 있다.

희망

살다보면 길이 콱
막힌 것 같아도
주저 말고 계속 가자.
가다보면 뻥 뚫린 길이
분명 나올 것이라.

승화

나이아가라 폭포 강줄기가 말했다.
너 인생이 내 인생이야.

낮게 흐르던 강물이
사정없이 낭떠러지로 내동댕이쳐
대부분은 습성대로
또 낮게 흐르지만
아주 소수 하늘높이 오르는
물방울의 군무가 말하고 창공에서 구름이 말했다.

내가 죽고 내가 없는 승화는
남을 무조건 이익하게 하며 함께할 수 있다고.

학교공부, 마음공부

자기부터 알고 자기부터 믿어야 하는
인간이기 때문에 필수적인 것이 공부.

학교공부는 재화획득을 위한 거였고
마음공부는 지혜획득을 위한 거였다.

학교공부는 보이는 有의 50% 물질세계
마음공부는 안 보이는 無의 50% 정신세계

밤과 낮처럼 정신과 물질이 완전하게 맞물려 돌아가는 세상

지혜획득이면 재화획득은 쉽다.
마음을 어떻게 사용하느냐에 따라 물질이 따른다.

학교공부는 부모에 의해 유치원에서부터 시작하듯이
마음공부는 스스로 나는 누구인가? 부터 시작해야 한다.

학교공부는 잘했지만 삶이 불만족인 경우
마음공부 부족이니 지금부턴 양쪽 공부를 다 같이
병행해야겠다.

그래야 지식이 쌓이듯 마음의 양식으로 자유롭게 한다.

모두를 자기처럼 보는 자비로운 마음, 슈퍼 파워로
행복하게 한다.
빛보다 빠른 마음은 자기평화를 넘어 점차로 넓혀가게 한다.

우리들의 참마음 자리, 神이 노하지 않게 마음을 잘 써야 한다.
왜? 싸움이나 환난들 다 잘못된 마음에서 일어나는 일이기
때문이다.

숲 친구들

유원지 나무그늘에 앉은 사람들 서너 명
숲이 되고 나무가 되어 고요히 앉아 있다.
무심 속 공기가 되고
까치, 까마귀 소리가 되고
모두 함께 어우러져 한 폭의 풍경을 이루고 있다.
평화와 고요 속 늦은 여름을 즐기고 있다.

계곡물은 계곡을 따라
반야 줄을 잡고 가듯 그냥 간다.
제 본연의 길을 가듯 말없이 이유 붙이지 않고 그냥 간다.
한바다 함께하기 위해
무작정 몸을 낮추며 앞뒤 재지 않고 그냥 간다.
앞에 큰 시련이 막아서도 유연하게 감싸며 그냥 간다.
저 무심은 도대체 어디에서 나온단 말인가.

오늘의 친구들 참 고마워라.

발밑의 개미들은 부지런히 움직이고
나는 어느새 거인이 되어 물끄러미 내려다본다.
여름 낮이 익어가고 있다.

하늘도 나무도 말없이 내려다보고
바위가, 돌이, 흙이, 낙엽이, 이끼들이 지켜보고 있다.
나도 그리 살면 되는 걸 알아가고 있다.
무심한 자연처럼 삶이 고요하고 평화롭다는 걸
알아가고 있다.
덕분에 기쁨이 일기 시작한다.

나를 알면 살기 쉽다

내가 나를 모르니, 마음속 어둠에서
어떻게 살아야 할지 인생은 오리무중 방황하게 된다.
나를 알면 서로가 도우며 즐겁게 살 수 있다.

나를 알기 위한 마음공부

온갖 걸 들이고 내는 자리, 통하는 자리 거기 닫힌 문을 열기
위해 문 아닌 문을 찾기 위해 노력하고 집중해서, 일상생활
속 실천으로 자기 마음을 발전시켜야 되고, 계발해서 창조로
까지 끌고가 자유인의 맛을 봐야 한다.

안 보이는 세계를 보게 하는 마음공부

모든 악을 치유하고 돈과 비교될 수 없는 무한대의 이익
자기를 알면, 눈곱만큼이라도 사기나 거짓이 통할 수 없는
마음의 나라에 들기만 한다면, 만물만생과 다 통할 수 있어
싸움도 없고 우울증도 없어질 것이고, 어떤 고난도 치유하며
또 이겨낼 수 있다.

부모 없는 고아가 불쌍하듯, 정신적 고아로는 삶이 힘들다.

육체적 고향(子)만 찾지 말고, 정신적 고향(父)도 찾아야
편안한 삶이 된다.
학교공부 결과 사회적 지위로 이 삶을 살아가듯
보이지 않는 마음을 공부해야 정신적 풍요로 즐겁고
완전한 삶이 된다.

우리 몸의 정맥, 동맥처럼 양쪽이 같이 돌고 돌아야 건강한
몸이듯 한쪽만 알면 신발 한 짝만 신은 꼴, 물질과 정신을
함께 알아야 제대로 마저 신은 꼴!

신발 한 짝만 신는 게 좋은가? 두 짝을 마저 신는 게 좋은가?

자연에 답이 있다

만물만생을 탄생시켜 다 먹여 살린다.

묵묵히 수만 년을 지켜온 품은 언제나 너그럽다.

잘났든 못났든 자기만의 모습, 자기만의 색깔로

누가 봐주지 않아도 때맞춰

싹 틔우고, 꽃 피워 열매 맺어

베풀고, 나누며 할 일을 다한다.

한 번도 약속을 어긴 적 없다.

눈치 채지 못하게 말없이

입 다물고 일단 실천이다.

그걸로 끝이다.

옳다 그르다 못났다 잘났다 뭐라 하지 않는다.

스스로 그러하다.

그래서 도인들은 자연이 된다.

자연을 읽어내기만 해도 답이다.

인생의 정답

인생의 정답은? 空
空이 色이고 色이 空이다,
다 갖되 다 놔라.
인생의 정답 = 삶의 정답
나 없이 사는 것,
체 없는 마음으로 사는 것이다.
이건 마음공부로
자신을 끊임없이 맑혀가지 않는 한
내겐 지식적으론 답이 없었다.
답을 못 찾았다는 말이 맞겠다.
마음공부가 아님 실천할 수 없고
도저히, 도저히 맛볼 수 없는 것이었다.
내 마음이 내 마음 안에서 벗어나야 모든 걸 해결하며
자유로울 수 있으니 인생의 정답은 마음공부!

삶의 목적 = 인생의 목표

세상적으로는 보이는 것만 가지고
잘나고 못나고, 잘살고 못산다고 하지만
그냥 밥만 먹고 사는 거와 같다.
물론 공부도 하고, 책도 읽고, 직장도 다니지만
많이 배우고 부자로 사는 것도 좋지만
참나를 가두고 있는
무명인 업식을 다듬고 성장시키지 못해
내가 나를 모르면
근본의 동아줄을 놓친 격
저마다 어릴 때부터 마음공부에
좀 더 관심을 기울이고 답을 찾았더라면
너도 좋고 나도 좋은 살기 좋은 세상이었을 텐데….

하지만 늦지 않았다.
존재 이유는 영혼의 성장, 자기(자아)완성에 있으니까.
사람의 도리를 다하며, 태어난 목적
완성을 향한 일상생활 속 공부는 다행 중 천만다행!

대신 해주지 못하는 것들

밥 먹는 거, 자는 거, 똥 누는 거, 아픈 거, 죽는 거, 깨닫는 거!

앞서 다섯 가지는 동물들도 다 하는 거지만
깨닫는 거는 사람으로 온 이유이기도 하다.
태어나서 즐겁게 살다가 그냥 죽으면 되나?

그 누구도 대신해 주지 못하는
사람이 해야 할 일, 그것은 하고 가야지.

깨달음

어렵게도 멀게도 생각하지 말자.

내가 나를 안다는 건
몸과 마음을 세심하게 관찰해서 고칠 건 고치고,
정신을 계발할 건 계발해서 활용할 건 활용하며 자유스럽게
살자는 것이다.

세심과 관찰?
이건 말로만 이해해서 되는 게 아니고, 실제 행동과 마음 안
으로 정말 세밀하게 내밀한 몰입, 정신 집중이 필요하다.
실제 체험이 아니면 지식,
이론은 말로 떨어지고 마는 것이다.
말로 글로는 쉽다.
못난 습관 한 가지를 알고, 보고도 고쳐내는 시간이
3년이나 걸린 걸 보면 의식 개혁이 힘드니
이 몸뚱이 속 들고 나는 의식이나 세포 생명들의 유전 업식,
습기들 고칠 게 어디 한두 가지라야 말이지.
내 마음의 근본 주인공을 붙잡고
일상생활 속에서 내 마음이 어디로 내달리고 있는지 알아채면
나온 그 내면 근본, 주인공 자리에 다시 놓고,

놓고, 되놓고….
좋은 생각, 좋은 행동으로
내가 나를 알게 되는 여기서부터
더욱 차원을 높이도록 끝없는 이 진리의 길 걸어가리니.

(예방할 수 있음에도 내가 나를 모르면 속수무책으로 맞게
되는 병이나, 삶에서 오는 고통을 억울해 한다.
옴팡지게 당해 본 체험자로서 누구도 아프지 않기를 바라며,
기는 사람 위에 걷는 사람, 걷는 사람 위에 나는 사람 있듯
이 몸을 가지고 있을 때 자꾸만 차원을 높여가는 것이
정신 차린 삶, 진정으로 사는 것이다.)

"사람으로까지 진화되어 태어났다면 사람의 궤도를 지키는
게 도리이다. 옛날 살던 습을 놓지 못하면 다시 퇴화하게
된다."

自神

아버지의 정자
어머니의 난자
자기 영혼인 신

이렇게 삼신으로 만들어진 자신!

自는 물질계(육), 이 몸, 껍데기, 관리인, 시자이며 종.
子(현재의식)

神은 정신계(영), 父(잠재의식), 불성, 한마음, 자성불, 불바퀴,
참마음, 본존불(부처), 본래면목, 반야(지혜), 여래, 성품, 영성,
진여, 진아, 주님, 주인공, 에너지(통신처), 생명력, 원소,
자기뿌리, 근본, 생명의 근원, 일심, 본각, 원각, 覺, 무한계
자리이며 이리 다양한 이름을 가진, 무엇이든 다 될 수 있고
도무지 고정됨이 없어 참자기, 금강석, 보배, 그대, 너,
님이라든지 내 맘에 맞게 지어 불러도 되는 참나이다.
참나는 전체이며 하나(님)이며 영원이다.

물질계인 껍데기가 하도 득세를 하니
정신계인 참나를 만날 수도 없고, 참나로 살 수도 없다.

저마다 이 참나로 살면 전쟁도 없고, 싸움도 없고 온 세상이
평화로울 텐데.

"내 주인으로부터 나를 형성시켜서 여기까지 끌고 왔는데
父와 子가 하나가 된다면 무엇인들 못하겠습니까.
정신적인 진화가 돼야 발전이 되고 창조력이 생기고 만물을
자유롭게 할 수 있는 대권을 얻을 수 있지 않겠습니까.
내 몸으로나 가정으로나, 사회적으로나 또는 세계적으로나,
나아가서 우주적으로나 모든 걸 대응하고 작용하고 중용을
할 줄 알고, 어떤 거든지 걸림 없이 자재할 수 있는 그런 여건
을, 대권을 갖기 위해서 우린 이렇게 공부하는 겁니다."

마음의 도리

아상, 아집이 다 빠진 고통도 행복도 아닌 그 가운데
생각나기 이전 한생각에 들고 나는 불가사의한 법,
이 마음 도리를 모르면 몸뚱이로는 부지런하나 머리로는
게으르다는 거고.
마음 법을 알아 개인은 물론이고,
역사도 좋게 가져오게 해서 선진국이 되고 자유권을 얻어
자유롭게 살아야지.
이름 찾지 말고, 딴 형상 믿지 말고, 태아가 탯줄에만 의지하듯
자기 안의 보배를 믿어야 하고.
나무가 자기뿌리에 의해 싹이 푸르고 열매 맺어 베풀 듯
무명에 가려진 내 뿌리, 즉 누구나 악행, 선행을 품고 있는
이 한 몸뚱이 육근들에 속지 않고, 가지각색 자생중생들
모두 보살로 만들어야 되고.
모든 것들이 함께하며 시공을 초월해서 돌아가는 그것을
알아챈 지혜가 청정임을,
나를 알아야 청정함도 아는 거고.
말은 이 보이는 유의세계로 거짓말이 통하지만,
마음은 안 보이는 무의세계로 거짓말이 통하지 않으니
청정해지는 거고.
말과 마음은 떨어질 수 없는 고로, 마음을 닦아가야 청정한

보배는 저절로 나타나는 거고,

유의세계와 무의세계가 둘이 아님을 알아 실천하는, 깨닫고

못 깨닫고는 각자 자기노력에 달려있는 거고,

그러니 모든 건 자기하기에 달렸다. 즉 마음을 어떻게

사용하고 사느냐인 것이다.

자기완성(자아완성)

물질계인 몸과
정신계인 마음으로 이뤄진 나

아무리 예쁘게 성형을 하고 부자로 살아도
많이 배우고 지식적으로 차고 넘쳐도 참마음(불성)을
발현하지 못하면 미완성의 사람, 미완성의 인생!

물질세계에선 짝을 만나 결혼하고 아이를 낳듯
정신세계에선 참나를 만나, 수십억의 세포 속 의식들
자생중생을 모두 이익 에너지로 뭉쳐 만물만생과 통하고
허공 에너지를 활용할 줄 알아야 자기완성이지.

물질세계에선 키가 커야 높은 곳의 맛난 것을 내려먹듯
정신세계에선 마음의 차원이 높아야 안 보이는 걸
사용할 수 있을 텐데.
맨날 물질인 껍데기에서만 놀아나니 편안치도 않고, 어떻게
완성을 이루겠나.
동물처럼 다람쥐 쳇바퀴 돌듯, 아서라, 아서라. 이제는 아니다.
정신 차려 탐내고, 성내고, 어리석은 못된 녀석들 선하게 모두
하나로 만들어 만물의 영장인 진정한 사람으로 살아봐야지.

동상

한바탕 어우러진
이 아름다운 세상에서
自神을 모르면 동상일 뿐이다.

(좀 과격하게 말하면 산송장?)

거리를 활보하는 동상
웃는 동상
우는 동상
말하는 동상
움직이며 말하고 보고 듣는 동상, 동상들
自神과 조금도 떨어진 적 없는데

모르는 이는 몰라서 겁내지 않고
아는 이는 알아서 티내지 않는다.

길 위에서

끝이 없는 길
우리는 영원한 오늘에 있다.

먹고 자고 먹고 자고
죽고 살고 죽고 살고
죽었는가 하면 살아 있고

영원히 죽지 않아

보이는 길이나
보이지 않는 길이나 결국은 같아
끝이 없는 길 위에 있다.

오늘 하루

오늘 하루는 일평생의 축소판이다.

누구나
아침에 태어나
열심히 살다가
저녁에 죽는다.

일어나게 되면
내일은 또 다음 生
이렇게 윤회를 거듭하고 있다.

또, 일어나고
또, 잠자리에 들고
또, 그렇게 돌고 돈다.

잠자리에 들어 만족한 하루였는가?
죽음을 맞이할 때 후회 없는 인생이었는지 자신만이 안다.

정글

숲속 정글이나
경쟁 속 정글이나
다를 바 없다.
우리 모두 평화롭기 위해
각자는 관계에서도 깨어 있어야겠다.
정글 속 모두의 평화를 위해!

나부터

집 앞을 쓴다.

각자
내가 사는 곳
여기만 깨끗해도

우리 동네가 깨끗하고
온 사방팔방 우주 천지가 깨끗해질 것이다.

묻다

실천이 잘되고 있냐구요?
내 안에서 묻는다.

잠시 전에도
자기 하나 다스리지 못하는 꼴을 보고
스스로가 묻는다.
대답도 못하고
누가 안 본다고
못된 심보, 못된 행동 잘 다스릴 수 있냐구요?

자신 있게 대답할 때까지
말, 생각, 행동! 정신 차려 더욱더 정진!

존중스런 나(我)무(無)

사람들이 편히 쉴 수 있는 그늘이 될 것이고
사람들의 나무가 될 것이다.
수많은 사람이면 좋겠지만
단 한 사람이라도 좋고
가족, 이웃, 사회, 국가, 지구 점차 넓혀가게 하는 것이다.

스승님을 보며

소리도 없고 흔적도 없이 아무도 모르게
안 보이는 세계나 현상계 온갖 것을 지배하는 사람
다 놓고 쉰 사람
세상 모든 것을 둘 아니게 보는 사람
이 세상을 지극한 자비와 사랑으로 보며
그 마음은 너무나도 넓고 평온하며 아름답습니다.
산 사람 죽은 사람, 착하거나 못났거나 상관없이 알맞은
도움을 주는 사이 없이 주며
몸체가 사라져도 더욱 빛나는 사람
끝도 없이 빛나며 다함없는 멋진 대장부
대자유인으로 神이 되어버린 완성자,
이 세상 그 무엇과도 비교될 수 없고,
말로는 다할 수 없습니다.

마음의 묘법

악을 선으로 바꾸고, 마음 종자를 개량하여
나를 넘어 주변을 행복하게 모두 한마음으로 모아
포괄적인 나로 만들어 차원을 높일 수 있는 마음.

보이지 않는 마음을 공부하는 것은
보이지 않는 세계를 공부하는 것이다.

보이는 얼굴은 갈고 닦고 꾸미면서
보이지 않는 마음은 방치하고 있다.

사실, 보이지 않는 마음이 우리 인생을 이끌고 간다.
약속이 있고, 계획이 있어야 행동하듯
왜 이렇게 힘든가는 자기가 마음에 잘못 그린 그림이
상영되고 있을 뿐이다.
항상 좋은 생각, 좋은 행동으로 잘살아야 좋은 삶이 된다는
걸 체험하고 있다.

(마음공부! 말은 쉽지, 行이 잘 안되니 참 더디다.)

아하! 마음

내 마음을 가둬 놓는
그 마음을 놓아야겠다.

마음의 中心을 잡고
양변에 치우치지 않는 中道의 길로 가는 것이
영원이며 무한이며 자비이며 사랑이다.

가장 신비하고, 가장 밝고, 가장 높고, 가장 당당한
주인공 참마음은 하늘과 통하는 문
일체와 직결돼 있음을
옹졸하고 편협한 마음으론 어림도 없으니
아만 같은 거, 다 싹 빠진 청정한 마음을 만들어
마음 문을 허공처럼 활짝 열어 둘 일이다.
마음을 마음대로 쓸 수 있게.
내 마음을 가지고 내 마음대로 못한다면 노예지
자유인이 아니다.

행복의 비밀

행복은 마음속에 있다.

마음이 즐겁지 않으면 결코 행복이라 할 수 없다.

행복의 비밀은 삶의 비밀, 돈의 비밀 다 연결되어 있다.

먼저 내 마음을 아름답게, 빛나게 만들 것이다.

내 맘에 안 든다고 싫어하지도, 미워하지도 말고,

증오나 원망하지 않도록 내 마음을 아름답게 가꾸는 것이다.

왜?

잘났든 못났든 제각기 존중 받기를 원하기 때문이다.

내게 잘해주든 못해주든, 그 누구든, 벌레 한 마리

풀 한 포기조차도 꼭 나 자신처럼 볼 수 있는 사람

그 사람은 진정 행복한 사람이다.

미래 세상

공기처럼 허공처럼
손에 쥘 수 없고
보이지 않는
에너자이저들이 넘쳐나
맑고 밝은 한마음이
마주치는 눈빛마다
고통이 스르르 녹고 행복이 넘쳐
모든 생명들의 평화로
온화한 미소가 펼쳐지는 것.

스승님 말씀

불생불멸인 眞我! 참마음, 주인공 자리인
자기 근본이 우주와 직결돼 있고 세상만물과 가설이 되어
있으니 우리 모두는 하나, 한마음으로 돌아가는 그 근본을
믿고 의지해서, 좋은 생각으로 남을 위해 살면 그게 바로
나를 위한 거라고 늘 말씀하셨다.

실천! 실천만이 자기, 가정, 사회, 국가, 세계, 지구,
우주 우리 모두 잘사는 길이다.
지수화풍으로 가공된 이 공기주머니에서 벗어나 우주의
주인 될 심성과학 마음공부로
오늘을 밝고 아름답게 살아가라는 눈부신 스승님 말씀.
실천! 실천! 실천만이 일체 만물만생의 은혜 갚는 길이다.

"뾰족하게 살면 몸과 가정이 다 해로우니까 좀 너그럽게,
둥글게, 어질게, 착하게, 지혜롭게, 이렇게 물리가 터져야
우리가 삶의 보람을 가지고 내 몸도 건지며 내 가정도 건지며
또 상대방도 건질 수 있다.

세간을 이해하는 데는, 원인 없는 과보가 있을 수 없다는
엄정한 인과 법칙처럼 정확한 것이 없다.

선한 씨를 뿌리면 선과가, 악한 씨를 뿌리면 악과가 온다.
인과의 씨는 썩지 않고 나고 또 나며 돌고 또 돈다.

너 마음부터 알아야 일체 만물만생의 마음을 알 수 있다.
모르기 때문에 죄가 있고 팔자 운명이 있고 업이 있는 것이
지, 알고 보면 업이 붙을 자리조차 없다.

주인공이 전체 하는 일을 주인공에 되놔라. 무조건 못났던
잘났던 자기(子)가 하는 일들을 자기(父)한테 다 맡기라.

주인공을 무조건 믿고, 맡겨놓고, 지켜봐라. 자기를 이끌어갈
수 있고, 병을 낫게 할 수 있고, 인과에 의한 모든 걸 녹이고,
습을 떼고 나를 발견하게 하는 법이다.

마음이란 어디든 갈 수 있다. 사방에 일체의 걸림이 없다.
그럼에도 사람들은 그토록 위대한 것을 생각조차 하지 못하
고 항상 가난한 마음으로 살아가고 있다.

앞서 어떻게 살았던 그 입력된 것을 다 무너뜨리고, 다시
좋은 새 마음으로 입력을 해서 입력되면, 되는 대로 꺼내 쓸
수 있는 그런 도력을 길러야 한다. 우리 생활 자체가 그대로
道지, 어디 뭐 따로 있는 게 아니다.

빛이 있다면 남도 충전시킬 수 있고, 자신도 언제 어느 때나 충전해서 쓸 수 있다. 그렇게 마음대로 할 수 있는 능력을 누구나 다 가지고 있다.

〈나〉라는 생각은 현재의식이다. 〈참나〉는 현재의식과 잠재의식이 둘 아니게 나오는 해맑은 마음자리이다. 〈나〉라는 것도 공해서 돌아가기 때문에 〈나〉라는 것이 없는 나, 개별적인 나가 아닌 포괄적인 〈나〉가 바로 주인공이다. 육신을 〈나〉라고 하지 말고, 몸속의 중생들과 같이 한마음 된 선장이 진짜 〈나〉인 줄 알라.

나의 근본 마음에 길이 있고, 진리가 있고 심성의 활용이 있듯이 우리는 절대적으로 마음 떠나서는 아무것도 없는 것이다. 그러기 때문에 마음으로 하여금, 과학적인 문제도 광대무변하게 이끌어 갈 수 있고, 포괄적인 진리를 탐구할 수 있다. 우린 광대무변한 마음이 되기 때문에 가고 옴이 없이 가고 올 수 있는 그런 능력이 제가끔 모두에게 주어져 있다.

삼독을 제거하면 삼세의 모든 부처님의 마음이 한데, 한마음으로 나투어 주시니 몸과 마음이 밝아서 일체 꿈나 번뇌에 물들이지 않고, 번뇌에서 벗어나 정신계와 물질계가 둘이 아닌 걸 알았을 때 저 언덕을 넘어선 것이다.

자기 자신을 아는 사람은 한생각에 이 우주공간에 꽉 차게 만들 수도 있고, 하나도 없게 만들 수 있는 그런 묘법을 가지고 있다.

한 치의 거짓이 있다면 용납되지 아니한다. 진실한 마음이 아니면 진리의 곳간 열쇠를 받을 수 없다.

무엇보다도 자기한테 자기가 인가를 받아야 한다. 자기를 몰락 죽이고 인가를 받아야 모든 사람으로부터 인가를 받게 되고, 나아가 더불어 죽어서 또 인가를 받아내는 것이다. 소궁에서 인가를 받아야 대궁에서 인가를 받을 수 있고, 대궁에서 인가를 받아야 나와 대상이 일체가 되는 것이다. 그래야 4차원, 5차원…, 차원을 넘어 묘용을 할 수 있는 대인, 대자유인이 된다.

참마음인 주인공을 찾아야 하는 이유, 즉 깨달아야 하는 이유는 산 사람이나 죽은 사람이나 다 함께 한마음으로 지구를 보존해야, 우리가 더불어 행복하게 살 수 있기 때문이다.

이 지구가 내 몸이라면 내 몸속의 대장, 소장, 간, 위장, 이자, 콩팥이니 뭐니 이렇게 이 안에서 같이 살림을 하면서 뭐가 그리 말이 많습니까, 도대체. 이 부분은 내 것이고 이 부분은 네 것이고, 이렇게 갈라놓으면 사람이 죽어요! 지구가 없어진

단 말입니다! 몸뚱이가 없어져요. 한 부분이 나빠지면 벌써 폐허가 되지만 한마음 한뜻으로 조화가 된다면 폐허가 될 수 없습니다. 그러니 역사가 달라지죠. 조그마한 나 하나 끌고 다닐 줄 모르고, 몸뚱이 혹성 하나 끌고 다닐 줄 모르고 조화를 이룰 줄 모르면서 어떻게 내 가정, 사회, 국가, 세계, 우주를 밝게 보고 밝게 듣고 밝게 응용할 수 있겠는지요.

어떻게 하면 여러분에게 알게 하고, 순간 자기가 자기를 알게 될까 하는 생각에서, '모든 걸 놔라, 놔라.' 이겁니다. 놓지 않고는 도저히 해결이 안 납니다. 사는 자체가 다 바로 그놈이 하는 거라고 믿고 놓아야 합니다. 만약 그놈임을 믿지 않고 그놈한테 다 맡겨놓질 않는다면 그놈은 절대로 나오질 않아.

참자기를 탄생시키기 위해서는 자기가 자기한테 머리 숙여 숭배해야 해요, 자기 조상이니까. 자기 애비라고. 겸손하게 보필하면서 자기를 믿어야 된다 이거야, 마음속으로. 그래서 믿어서 그것이 완전히 둘이 아니었을 때, 애비가 자식이고 자식이 애비이고 말이야. 이게 왜 이렇게 되느냐? 애비면 그냥 애비지, 왜 애비이자 자식이고 자식이자 애비라고 그러느냐? 不二法이 그러하다는 얘깁니다."

스승님, 스승님

自燈明 法燈明(자등명 법등명)
너부터 알고 너부터 믿어라.
주인공에 무조건 놓아라, 맡겨라.
왜 그토록 강조하셨는지
자기 실상인 空에다 모든 걸 놔
탐욕, 성냄, 어리석음으로 가득 찬 무명을 직방에 밝혀
삼세의 업식을 녹일 체 없는 마음으로
자신과 타인을 무조건 용서,
무조건 사랑,
무조건 자비롭게 하기 위한 방편임을 알겠습니다.
"세세생생을 꿰뚫을 걸 뉘 알겠누!" 말씀, 들리는 듯합니다.
지수화풍이 무한정 차별 없이
조건 없이 베풀듯이
너와 내게 무조건 자비이니 만물만생과 通! 통하겠습니다.
찰나찰나 나투는 부처 몸이 부처 행을 해야겠습니다.
내 삶의 만파식적! 저 언덕으로 이끌어
제대로 보고 제대로 걷게 하며
평화로운 자유의 품! 알게 해 주심을 진심으로
감사합니다. 고맙습니다. 사랑합니다.

1. 사람을 믿고 의지하지 말고, 영원한 생명의 근본, 참나를 믿고 의지하자.
2. 부처님 나라는 마음의 나라. 佛法 = 心法 = 空法이다.
3. 부처놀이 空놀이, 이익을 주는 바 없이 주고, 걸림이 없이 살아야 한다.
4. 아프니? 속았니? 그럼 마음 깊은 곳으로 들어가 나를 보아라. 영원인 참나를 만나자.
5. 밖으로 나돈 시선, 맘속에서 일어나는 온갖 생각들을 다시 마음 안으로 넣고 주인공에 놓아버리자.

* 고쳐보자
- 급한 성질 잘 다스릴 것. 경계에 부딪힐 때 무조건 참나, 그 자리에 놓자.
- 덜렁대기 때문에 실수가 많다. 생각을 넓게, 지혜롭게, 인의롭게, 여유롭게, 깊게 하자.

- 못난 것은 못난 대로 인정하고 자신을 학대하지 말고 용기를 주며 칭찬하자.
- 남을 믿고 의지하지 않는다면서 믿고 의지해서 상처받지 말고, 내가 나를 키우자(한눈팔지 말고 옆눈 돌리지 말자, 이게 가장 큰 문제다).

* 그럭저럭 좋아
- 따뜻하고 누구에게도 아프게 하지 않는다. 왜? 내가 너무 아팠으니까.
- 지금까지 엄벙덤벙 순서도 없고 조리도 없지만, 마음공부는 이론이나 지식 상관없이 실천으로 직접 맛보고 직접 체험해야 그 맛을 알고, 자기 것이 되기 때문에 '어, 이런 사람도 있네' 하는 걸 던져줌으로서, 이 좋은 세상을 스스로 직접 맛보며 자기다운 자기로 살며, 그저 모두모두 행복했으면 한다. 그래서 단점도 장점으로 보는 것이다.

"자신은 이 세상의 전부이다.
왜냐하면 죽어 버리면 모든 것이 無가 되기 때문이다."
— 파스칼

"자신에게 전력을 다하고 충실하라. 자기를 내버려두고 남의 일에 정신이 팔려 있는 사람은 자신의 갈 길을 잃어버린 사람이다."
— 공자

"삶의 의미는 나의 의미로 치환된다. 삶의 의미를 찾지 말고 나를 찾아야 한다. 진정한 나를 만나면 자유로워진다. 물처럼 바람처럼 구름처럼 존재하는 자유자재의 생. 나는 진정한 나를 찾고 진정한 나를 만나기 위해 세상에 태어났다고 생각해야 한다. 나를 만나는 과정으로서의 인생, 그것이 진정한 삶의 의미이다. 나를 찾으면 알게 될 것이다. 내가 나를 얼마나 갈망하고 있었는지, 내가 나를 얼마나 창조하고 싶었는지. 그 순간부터 나는 내 인생을 무궁무진하게 창조할 수 있는 전지전능한 존재가 된다.

나를 살아라, 나를 즐겨라. 내가 시작이고 끝이다.
나는 나를 위해 태어나고 나를 위해 죽는다.
진정한 나를 만나지 못하는 한 죽음과 탄생은 끝없이 반복된다.
진정한 나를 만나는 순간 나는 나를 낳은 창조주가 된다. 내 인생의 대본을 쓰고 연출을 맡은 전지전능한 존재, 내 인생의 주인공이 나라는 걸 깨치는 순간 내가 우주의 중심임을 또렷하게 자각할 수 있으리라."

— 소설가 박상우

소크라테스 성인을 비롯해서 이처럼 "너 자신을 알라"고 했지만, 어떻게 공부해야 나 자신을 아는지도 몰랐고, 늘 내면보다 바깥에 더 관심을 쏟아서 아팠다는 걸 체험했다. 계속 자기완성을 향한 공부 중인 글쓴이의 예전처럼 누구도 아프지 말았으면 한다. 부끄럽다. 인간으로 태어나 꼭 알고 가야

하고, 깊게 맛보고 가야할 유일한 보물임을 너무 늦게 알았다. 또 주변인들에게 나눌 유산이며 재산은 마음공부임에 기독교인 부모님, 언니, 오빠, 동생에게 내면을 향하면 모든 종교는 이름만 다를 뿐 하나임을 전하고자 흔적을 남긴다. 자유로운 행복의 나라로 이끌며 온 인류의 어버이시자 스승으로, 지금도 현현하신 부처님께 늘 감사드린다.

이지인의 아포리즘 수신서(修身書)

매강 김미자(수필가)

저자 이지인은 열심히 살았음에도 마음의 공허와 자신의 정체성에 대한 의문을 끊임없이 갖는다. 그러다가 마음공부를 시작하며 의문의 실마리를 찾는다. 이 과정에서 저자는 스승의 가르침으로 개안(開眼)하고, 체험하며 행복을 찾아가는 여정에서 깨달은 바를 자신의 아포리즘 수신서로 기록했다.

이지인은 이 수신서에서 과감하게 자신을 벗어던지고 '참나'를 찾는다. 사랑과 결혼, 인생의 희로애락을 경험하고 있는 이지인은 살아온 날들을 돌아보며 왜 아팠는지 원인을 찾고 삶의 행복과 평화가 무엇인지를 터득한다.

"내가 나를 모르고선 그 어떤 것도 헛것"이라는 스승의 가르침과 거짓 나에 휘둘려 잘못 살아온 자신을 고발하고 타이르며 다독이는 과정이 4부로 나뉜 총 107편의 글에 담겨 있다. 누구나 알고는 있지만 실천이 어려운 행동을 몸소 체험한 깨달음이라 더 소중하고 가치가 있다.

많이 아프니?

소중한 나를 괴롭히며 아파하지 마라.

상대가, 현실 상황이 아프게 한다고?

아니야. 결코 외부가 아니야.

我相, 집착이 나를 아프게 할 뿐이야.

- 중략 -

—「제발 아파하지 마라」

내가 나에게 묻고 말한다. 아팠던 이유가 외부가 아닌 내부의 아상(我相)과 집착 때문이라고. 그러면서 나에게 방법을 알려준다. 자연처럼, 나무처럼 살아 보라고. 그리고 나의 내면으로 더 깊이 들어가 진짜 나를 만나면 고요한 평화가 찾아옴을, '내가 나(眞我)를 몰라서 아팠다'는 걸 알려준다. 얼핏 보면 어려운 말 같지만 글을 음미하면서 읽으면 금세 글쓴이의 말에 수긍하게 된다.

이 못된
심부름꾼인 종이
뭐가 그리 잘났던지
여러 사람을 괴롭혔다.
특히 옆 지기를,
창피해서 얼굴도 들지 못할 것이
뭐가 그리 잘나고 대단했던지 십 수 년을!

결혼이라는 세상적인 관념에 칭칭 묶여

가장 멍청한 짓

구속하고 산섭하며 내게 맞추도록 종용했다.

- 중략 -

―「나, 바로보기」

  읽을수록 공감이 전해지는 깨달음이다. 이지인 뿐만 아니
라 결혼한 사람 대부분이 세상적인 관념에 묶여 그렇게들 살
아간다. 뾰족한 돌이 만나 서로 길들이기 위해 부대끼며 깎이
고 닳아 마침내 둥글둥글해진다. 품이 넓어지고 이해 폭도
커진다. 그래서 화합한 부부, 안정된 가정은 윤활유를 바른
톱니바퀴처럼 잘 돌아간다. 이지인 말처럼 '마침내 흰 소를
타고 놀며 피리 부는' 경지에 이르는 것이다.

아빠가 밖에서 뭘 하던지

뭘 그리 신경 쓰냐고

부처님은 그냥 지켜본다는 말에,

부끄럽고 부끄럽다.

그래, 네가 어른이다.

- 중략 -

―「아들이 어른이다」

  문득 '어린이는 어른의 아버지'라 노래한 워즈워드의 시,

「무지개」가 떠오르는 글이다. 어른이라 해서 어린이보다 다 옳고 더 나은 것만은 아니다. 순수한 아이들의 입에서 때 묻지 않은 말이 불쑥 튀어나올 때 감동 받는 경우가 많다.

이지인도 '아빠가 밖에서 뭘 하던지 뭘 그리 신경 쓰냐고, 부처님은 그냥 지켜본다'는 아들의 말에 가슴을 툭 치는 울림이 전해진다. 모든 게 자기 탓임을 자각하는 순간 부끄럽다. 그래서 좋은 엄마가 되겠다고 다짐도 하게 된다.

> 책을 보면 기승전결이 있듯
> 인생도 좋은 일 궂은 일 힘든 일 등
> 굽이굽이 겪으며 인생을 마무리하면
> 한 권의 좋은 책일 수 있지.
>   - 중략 -
>   ―「인생이라는 한 권의 책」

아프리카 속담에 '노인 한 분이 돌아가시는 것은 도서관 하나가 사라지는 것과 같다.'는 말이 있다. 인간이 태어나 일평생을 살면서 체득한 지식과 지혜, 많은 정보를 지니게 되니 도서관에 비유한 것일 게다.

어느 인생이든 모두가 소중하다. 그래서 인생은 양식과 배움이 가득한 한 권의 책이 될 수 있으며, 궂은 일, 좋은 일, 힘든 일을 굽이굽이 겪으며 인생을 마무리하면 한 권의 책이 될 수 있다는 것이다. '좋은 책일지 여부는 각자의 몫'이라고 이지인은 말한다.

미운 아기 떡 하나 더 준다고 하잖니
껄끄럽고 미운 이에게 먼저 잘해줘라.
늘 잘해주라는 속삭임에
즐겁게 기쁘게 해줘야지.
너그럽게, 곱게 마음을 쓰니 행복하고 편안하더군.
- 중략 -

—「베풀고 살자 속삭이는 멋진 我」

'미운 아기에게 떡 하나 더 준다.'는 말을 새겨보면 보통을 초월하라는 주문 같다. 말로는 쉽지만 타인에게 그렇게 실천하기란 쉬운 일이 아니다. 하지만 처음이 어렵지 한 번, 두 번 행동으로 옮기다 보면 습관이 몸에 배어 자연스럽게 실천할 수 있는 일이다. 이지인도 껄끄러웠던 이에게 먼저 잘해줘라, 늘 잘해주라고 속삭이며 자기암시를 통해 그렇게 我를 훈련시키고 있다. 그러다 보니 자신도 모르는 사이 我가 즐겁고 기쁘며, 마음까지 너그러워지고 편안해짐을 오감으로 느끼고 있어 행복하다. 이지인은 我에게 다짐한다. 마음을 잘 써야겠다고, 我에게 미안하지 않도록.

남을 많이 의식한다.
내 안이 비었기 때문이다.

남의 시선을 두려워한다.

내 안이 허전하기 때문이다.

혼자 있는 걸 두려워한다.

내 안의 사랑을 알지 못하기 때문이다.

- 중략 -

—「시선을 내 안으로 돌리자」

'남을 의식하는 것은 내 안이 비었기 때문이고, 남의 시선을 두려워하는 것은 내 안이 허전하기 때문에, 혼자 있는 걸 두려워한다. 그것은 내 안의 사랑을 알지 못하기 때문'이라며 이지인은 참선, 명상을 통해 깊은 마음 안으로 들어가 보라고 한다. 마음 깊이 들어가 보지 않으면 진정한 사랑을 알 수 없다며 본인이 체험을 통해 깨달은 바를 알려준다.

이미 알려진 사실들이지만 관심 밖에 있던 참선과 명상이 이지인 안으로 들어온 것은 마음공부를 하면서부터다. 비로소 시선을 내 안으로 돌리는 일이 남의 일이 아닌 내 일이 된 것이다. 이지인은 그렇게 몸소 경험하고 체험하며 깨달아간다.

모두 나 자신처럼 보면 된다.

그 누구

그 무엇이든

꼭 나 자신처럼.

기쁨으로 가는 열쇠는 무조건 사랑이다.

―「행복해지려면」

행복은 밖이 아닌 내 안에 있다는 것은 누구나 아는 사실이다. 그런데도 행복을 밖에서 찾으려는 사람들이 부지기수다. 남과 비교하는 순간 내 안의 행복이 사라진다. 환경과 처지가 어떠해도 감사한 일을 찾아 감사하고, 또 감사할 때 좋은 일, 기쁜 일이 찾아오며 만사가 형통하여 행복해진다.

이지인은 '모두 내 자신처럼' 보고, '무조건'을 앞세운다. 조건 없이 수용하고 이해하며, 사랑하는 마음이 되어 보면 거부감도 미움도 없고, 지나치게 좋거나 넘치는 일도 없이 있는 그대로가 그냥 좋아진다고 말한다.

나름 문턱이 닳도록 드나들며
딴에는 공부가 엄청 된 줄 알았는데
잘났다는 것도 못났다는 것도 나를 내세우는 것
아무것도 모른 채 '아집이 강하다'고 들었던 말,
지금 조금 알고 듣는 말
'자기를 내세우려는 업식이 남들보다 강하다.'
심장이 쿵 내려앉는다.
한 치도 자라지 않았구나.
이 일을 어쩔꼬?

- 중략 -

제목으로 보면 탄식이다. 자신은 마음공부하며 수련이 되었다고 생각했는데 아집이 강하고 자기를 내세우려는 업식이 남들보다 강하다는 말에 화들짝 놀라 한 치도 자라지 않은 마음에 실망하여 탄식하는 것이다. 그리고 자신을 투명하게 들여다본다. 가꿔나가면서도 고치기 힘든 我相이 보인다.

문제의 그 아상은 마음공부에 더 정진하게 만드는 계기가 된다. 진짜 죽어보자, 완전히 죽자는 것은 아상을 없애겠다는 의지다. 아집을 없애고, 자신을 내세우고자 하는 마음을 없애 내가 없음을 알고, 살아서 죽어야 열반이지 죽어서 열반은 열반이 아니라는 가르침을 따르고자 하는 마음과 마음 밖에서 자신을 제대로 보고 싶다는 열망이 담겨 있다.

아팠지?
힘들었지?
마음의 中心, 참나! 주장자
기둥을 딱 세우고 믿고 따랐어야지
컴퍼스가 중심을 딱 잡아야 완전한 원이 그려지듯
- 중략 -

마음은 눈에 보이지 않으나 가슴에 있다고 생각한다. 마음의 중심에는 '참나'가 있으며 그 '참나'는 곧 우리 몸과 마음의 주인장이니 믿고 따라야 했는데 그러지 못해 아팠냐고, 힘들었냐고 이지인은 스스로에게 묻는다.

컴퍼스가 중심을 잡아야 완전한 원을 그릴 수 있다는 이지인의 말에 공감하는 것은 비유가 적절하고 옳다는 생각이 들기 때문이다. 컴퍼스처럼 중심을 잡고 흔들려 빠지지 않도록 부탁한다. 이지인은 오로지 몸의 주장자인 '참나'만이 지혜롭게 이끌어갈 수 있다고 믿는다.

> 아침에 눈뜰 때마다
> 새로운 날이다.
> 아니 초초마다 새로운 날이고
> 새로운 시간이다.
> 어제는 지나갔으니 없어졌다.
> 내일은 오지 않았으니 없다.
>
> - 중략 -
>
> —「새로운 날」

눈뜰 때마다 새로운 날, 매초 매시간 모두가 새로운 날이라는 말에 공감한다. 적절한 표현이 쉽게 와 닿는 구절들이다. 우리는 시간을 중요시 한다. 그 시간에 매여 살아가는 게 인생이다. 그런데도 귀함을 잊고 산다. 인생의 종착역에 가서야 귀한 시간의 가치를 깨닫지만 이미 늦는다. 이지인 말대로 과거나 현재에 묶여 걱정하지 말고 각자 가지고 있는 권리로 날마다 새롭고 씩씩하게 새날을 창조한다면 좀 더 알찬 인생이지 않겠는가.

이지인은 매초, 매시간, 매일이 새로운 날임을 피부로 느끼고 있다. 귀중한 시간들을 허투루 보낼 수 없다는 다짐이기도 하다.

입추가 며칠 지났는데
가는 여름이 아쉬워서인가
코앞, 이 나무 저 나무로
옮겨 다니며 목청을 높인다.
- 중략 -

—「매미에게 배운다」

매미는 한철을 위해 캄캄한 땅속에서 5~7년을 애벌레로 살다가 성충이 되어 세상 밖으로 나온다. 짧은 한철에 짝을 찾기 위해 그토록 그악스럽게 울어댄다. 그래야 종족번식을 할수 있기 때문이다. 그들 입장에서는 운명에 순응하며 최선을다해 살아내는 것이다.

이지인은 입추가 지났는데도 이 나무 저 나무로 옮겨 다니며 짝을 부르는 매미를 발견하고 관찰한다. 온 신경을 모으는매미의 몸짓은 '너는 너의 일에 충실하고, 나는 나의 일에 충실하자'는 메시지로 들린다. 이처럼 같은 사물을 보고 관찰자에 따라 느낌은 각기 다르다.

만물에게 공평한 태양처럼!

가시 돋친 생각들을
따뜻하게 녹여버리고
모두모두 평화롭고 행복한 시간들이게
그대처럼, 정말 그대처럼
맑고 밝은 마음들을 품게 하소서.
마음의 등불 밝고 빛나게 하소서.

― 「소원」

태양은 우리에게 희망을 주는 존재로 비유한다. 만물에게
골고루 빛을 주는 공평한 태양, 그 태양을 향해 이지인은 소
원한다. 가시 돋친 생각들을 따뜻하게 녹여버리고, 모두에게
평화롭고 행복한 시간들이게, 태양처럼 맑고 밝은 마음들을
품게, 마음의 등불을 밝고 빛나게 해줄 것을, 간절한 염원을
이 「소원」에 담았다.

참나, 주인공이 모든 걸 한다는 걸 믿고,
놓고 맡기고 지켜보며, 둘로 보지 않는 관찰,
체험으로 옹졸한 마음 지혜롭게 넓히며 키우는 마음 발전,
참 쉽지 않다.

다 놔서, 다 버리니 다 얻어. 조건 없이 줄 수 있어야 하는데 내 마음을 내 맘대로 쓰지도 못하고, 업력의 꼭두각시에 놀아나고 당하고 또 당해 넘어가 주질 못하는 상태를 본다.

- 중략 -

—「의식 차원 높이기」

　자기발전은 반성과 깨달음에서 시작된다. 지식이나 학문으로 가르치기보다 스스로 깨달을 때, 효과가 더 크다. 옹졸한 마음을 자각하고 넓혀가고자 할 때 마음은 이미 옹졸함에서 벗어난 것이다. 이지인은 쉽지 않은 일임에도 자신의 마음을 들여다보며 원인을 찾는다.

　그래서 의식 개혁이 어려운 마음공부에 정진한다. 마음공부만이 의식 차원을 높일 수 있기 때문이다. 옹졸한 마음을 넓히며 키우고자 하는 자각이야말로 의식의 차원을 높일 뿐만 아니라, 그 자체로 이미 옹졸함에서 벗어나 있는 자신을 발견할 것이다.

항상 그림만 좋은 게 아니더라.
국토분단을 품고 사는 우리나라든
직장이든 가정이든 각 개인이든
들여다보면 크고 작은 문제들이
발생하기도 하고 해결하기도 하고
그 문제들을 품고 살기도 한다.

남이 보기엔 겉모습은 단지 평화로울 뿐
내 아픔이 최고인양 너무 아파하지 말자.

- 중략 -

—「삶」

숲은 멀리서 보면 아름답다. 하지만 보이는 게 다가 아니다. 가까이 가보면 온갖 쓰레기로 몸살을 앓고, 인간들에게 부대끼는 흔적이 보인다. 우리네 인생도 그렇다. 누구의 인생이든 질곡은 있기 마련이다. 그런데도 우리는 흔히 겉으로 보이는 것만 보고 예단한다. 아무 근심도 없는 것처럼 평화롭고 행복해 보여도 내면을 들여다보면 근심 하나씩은 있다.

문제가 있으면 풀리기 마련인 게 인생살이다. 괴로움도, 슬픔도, 기쁨도 다 지나간다. 그래서 절망 속에서 희망의 끈을 잡고 극복하기도 한다. 부귀영화도 언젠가는 끝이 난다. 그러니 허투루 살지 말고, 할 수 있을 때 음덕을 쌓아야 한다.

이지인도 이 글을 통해 시간이 지나면 무뎌지고 아픔을 어루만질 수 있으니 너무 아파하지 말라고 말한다. '시간이 약이다.'라는 말과 상통하는 글이다.

목적지를 가야 할 길에서도 지름길이 있듯이
이 보이지 않는 삶의 길에서도 지름길이 있다.

中心! = 무주상보시

中庸! = 화목

中道! = 무량

마음의 중심을 딱 세우면

싫은 것도 싫지 않고,

좋은 것도 좋지 않은 평온!

그 자체가 지름길임을 너무 늦게 알았다.

— 「삶의 길」

로버트 프로스트의 「가지 않은 길」처럼 누구나 가보지 않은 길에 대한 미련과 아쉬움을 갖고 산다. 그런데 이지인은 마음공부 하는 불자답게 차원이 다른 삶의 길을 찾는다.

삶의 지름길은 중심, 중도, 중용에 있음을 깨달은 것이다. 마음의 중심에 중심, 중도, 중용을 세우면 평온이 깃들고, 평온 그 자체가 삶의 지름길임을 너무 늦게 깨달았다고 아쉬워 하지만, 늦었다고 생각할 때가 가장 빠름을 새삼 느끼게 해주는 아포리즘이다.

도는지도 모른 채 돌고 돌아 넘어지고 터지며

가시덤불을 헤치며 겨우 안긴 그대의 품.

님이 아니었다면

사랑을 알기나 했을까?

의식 속에서 치솟는 꼭두각시놀음들
이 불바다를 끌 수나 있었을까?

님이 아니었다면
이 평화로움을 맛보기나 했을까?

님이시여! 님이시여!
부르고 불러도 못다 부를
영원한 님이시여!

─「님 덕분」

이지인이 아포리즘에 가까운 자신만의 수신서를 쓰게 만든 '마음공부'를 '님'으로 의인화했다. 「님 덕분」에 나오는 님은 '참나'라고 볼 수 있다. 마음공부는 참나를 발현하여 증장시키는 공부이기도 하다. 그 감사함은 말로 형용할 수 없어 님을 '부르고, 또 불러도 못다 부를 영원한 님이시여'라고 부른다.

마지막 구절은 김소월의 「초혼」을 연상케 한다. '부르다가 내가 죽을 이름이여! 사랑하던 그 사람이여! 사랑하던 그 사람이여!' 이지인을 변화시킨 님에 대한 사랑과 찬양은 가없다 해도 과언이 아니다.

참마음 자리는 봄이다.
사계절이 없는 봄, 봄맞이!

생각이 쉰 자리 봄이다.

확실히 봄, 아파도 봄

느껴도 봄

너도 봄

나도 봄

돌아 봄

늘 봄

바라 봄

지켜 봄

- 중략 -

—「늘, 봄」

착상이 재밌다. 한글의 우수성을 마음껏 활용한 예다. 풍부한 표현력으로 어감(語感), 정감(情感), 음감(音感)을 여실히 보여준다. '봄' 하면 대체로 사계의 하나인 봄을 연상하겠지만, 명사인 '봄'의 생동력 넘치는 늘 푸르른 마음이어야 한다는 표현인 동시에, 동사인 '보다'의 명사형인 '봄'이다. 표현이 이렇게 다양한 것은 감정과 생각을 사실에 가깝게 드러낼 수 있는 한글의 우수성 때문이다. 이지인도 독창성, 창의성, 예술성이 깃든 우리글의 아름다움에 감탄하여 예찬한다.

오방색이 만발한

이 아름다운 세상

그대의 숨결을 느낍니다.

사랑을 느낍니다.

끊임없이 생동하게 하는

바람결의 순환을 느낍니다.

- 중략 -

—「봄날 오후」

생명이 약동하는 봄날의 아름다움은 누구나 느낄 수 있으나 마음공부에 정진하는 이지인의 눈에 비친 '봄날'은 더욱 색다르다. 깨달은 바가 크기 때문이다. 그래서 남보다 더 진하게 봄을 몸으로 흡수하며 기쁘고 즐겁게 순하게 살라는 '절대 신'의 메시지를 감지한다.

이 세상을 만물들과 함께 공유하며 아름다운 세상이 다치지 않기를, 발걸음도, 말 한마디도 조심하며 사는 곳이 천국임을, 영원한 집임을 느끼며 기쁨을 감추지 못하고 있다. 「봄날 오후」는 구상 시인의 시 「꽃자리」를 연상케 한다.

반갑고 고맙고 기쁘다

앉은 자리가 꽃자리이니라,

- 중략 -

먼저 내 안의 사랑부터 만나야 한다.

그래야 남을 진정으로 도울 수 있고

더불어 행복할 수 있고 완전한 사랑일 수 있다.

- 중략 -

—「사랑」

이 세상에서 '사랑'만큼 큰 그릇은 없을 것이다. 사랑은 그 어떤 것도 담아낼 수 있는 큰 그릇이며, 사랑의 크기 또한 무한하다. 그러나 '사랑'의 실천이란 참으로 어렵다. 그래서 사람들의 입에 가장 많이 오르내리는지도 모른다.

이지인은 내 안의 사랑부터 만나야만 진정으로 남을 도울 수 있고, 행복할 수 있으며 완전한 사랑일 수 있다고 단언(斷言)한다. 맞는 말이다. 자신을 사랑할 줄 알아야 밖으로의 사랑이 가능하다.

오늘 하루는 일평생의 축소판이다.

누구나
아침에 태어나
열심히 살다가
저녁에 죽는다.

- 중략 -

—「오늘 하루」

오늘 하루를 일평생으로 비유했다. 하루가 일평생이라니

촌철살인(寸鐵殺人)의 뜻이 내포되어 있다. 인생을 사계로 비유한 예는 많으나 하루로 대비(對比)한 경우는 드물다. 이지인의 글 「오늘 하루」를 읽으며 음미하니 의미심장하게 들린다.

하루하루가 모여 일 년이 되고, 일생이 되니 허투루 보내지 말라는 일침이다. 열심히 최선을 다해 살았다 해도 후회는 남는 것이라 했다. 잘 살아온 인생이었는지는 자신만이 평가할 수 있는 '당자의 몫'이라는 이지인의 말에 공감한다.

불생불멸인
眞我! 참마음 자리,
자기 근본이 우주와 직결돼 있고 세상만물과 가설이 되어 있으니 우리 모두는 하나! 하나로 돌아가는 그 근본을 믿고 의지해서, 좋은 생각으로 남을 위해 살면 그게 바로 나를 위한 거라고 늘 말씀하셨다.

- 중략 -

─ 「스승님 말씀」

이지인이 마음공부를 할 수 있었던 것은 스승의 말씀을 들으면서부터다. 구구절절 옳은 말씀에 실천이 뒤따르는 걸 보며 마음공부에 적을 두고 범인(凡人)의 생활에서 벗어나고자 했다.

자기근본, 우주와 직결돼 있는 진아(眞我), 우리 모두는 하나다. 근본을 믿고 의지해서 좋은 생각으로 남을 위해 살면 그게 바로 나를 위한 거라는 말씀과 실천만이 자신부터 시작해 우주만물, 삼라만상, 사회에 속한 모든 이들과 더불어 잘사는 길이라는 말씀, 우주의 주인 될 심성과학, 마음공부로 밝고 아름답게 살아가라는 스승의 말씀에 실천하고 또 실천하는 것이 일체 만물만생의 은혜 갚는 길임을 스스로에게 강조한다.

이지인이 갖고 있는 한 차원 높게 끝없이 이어지는 의문의 실마리는 마음공부에서 시작되었고, 인간적인 생각에 내려앉은 더께를 한 겹씩 벗겨내며 참나를 찾아가는 중에 자신의 실체를 투명하게 바라볼 수 있음에 이른다.

마음공부는 멀고 먼 여정이다. 이지인은 기꺼이 그 먼 여행을 시작하여 여러 모양으로 경험하고 체험하며 깨달은 바가 크다. 자신의 실체를 가감 없이 드러내 '나는 나를 고발한다'며 치부(恥部)를 보여준다. 스스로 벗어낸다는 것은 자기성찰 없이는 어려운 일이다. 마음공부에 정진하고 있는 이지인만이 할 수 있는 대담(大膽)성이다.

이 글을 쓰기 위해 몇 번씩 읽으며 간접적으로 마음공부를 했다. 할수록 마음이 정결(淨潔)해지는 느낌이었다. 그래, 맞아, 그렇구나, 공감하고 수긍하는 글들이 많았다. 짧은 글이라 책장이 쉽게 넘어갔다. 내용으로 볼 때 아포리즘이라 명명하는 게 적격이라 생각되어 이지인의 '아포리즘 수신서(修身書)'라 이름표를 붙였다.